행복은
발가락
사이로

행복은
발가락
사이로

이광이 산문집

삐삐
북스

들어가며

50대에 새 일자리를 얻어 광주에 내려갔을 때, 홀어머니는 이렇게 말했다.

"아야, 방 얻어 따로 살아라."

장손인 나는 짐을 싸 들고 당연지사 어머니 아파트로 들어갔는데, 노모가 동거를 거부한 것이다.

"어릴 때 니들 키우고 다 커서 또 뒷바라지 해야겠냐, 나 늙어서 못한다!"는 이유였다.

이것은 속사정이야 어떻든 구설에 오를 일이다. 귀향해서 일하면서 홀어머니를 팽개치고, 지 편하자고 각각 두 집 살림을 한다? 이것은 모양이 너무 빠진다.

나는 궁리 끝에 세 개 항을 제시했다.

첫째, 기존 용돈에 하숙비를 얹어 도톰하게 드린다.

둘째, 아침은 집에서 먹겠지만 점심 저녁은 대개 밖에서 먹고 올 것이니, 그리 걱정 안 하셔도 된다.

셋째, 내 방 청소와 빨래는 스스로 해결한다.

일주일이 지나 모자는 세 개 항에 합의했다. 나는 그렇게 어머니와 둘이서 8년을 살았다.

새해가 시작되는 정월 어느 날, 볕이 드는 거실에 앉아 내가 말했다.

"아침에 세수하는 손가락 사이로 왔다가 저녁에 양말 벗는 발가락 사이로 하루가 가버린다 하더니, 세월이 참말로 그렇지 않으요?"

노모 응수한다.

"그래, 그 말이 듬쑥한 말이구나. 아야, 바닷가 펄 밭에서 자잘한 칠게 잡아 놓은 통발 있지? 그것이 엎어지면서 게들이 사방으로 뿔뿔이 흩어져 도망가잖아, 얼마나 빠르냐? 설날 뚜껑을 열면 삼백예순 날들이 저 칠게마냥 순식간에 사라져 버리드라."

아침 손가락과 저녁 발가락 사이에서 하루를 얘기했더니, 뻘뻘뻘뻘 도망가는 칠게의 달음질에서 일 년을 얘기한다.

일을 많이 한 것이 짧고, 냄새나고 그런 것이므로, 아침 손가락의 향긋한 커피는 저녁 발가락의 구릿한 냄새 덕분이겠네, 불교의 연기緣起처럼, 그래서 좋은 시간들은 발가락 사이에서 시작되는 것이로구나, 그런 기특한 생각을 하고 있던 차에, 노모, "그 손가락 발가락 얘기는 아침에 세수하고 나서 저녁때까지 많이 걸으라는 얘기 같다" 하신다.

인생의 입동立冬에 접어들어, 지난가을 삶의 모서리에서 반짝거리던 순간들, 강변의 일몰과 산사의 아침, 어머니와 스님과의 얘기들, 그리고 퍼덕거리는 물고기를 쥐었을 때 같은 비릿한 순간들, 그때그때 산문이라는 이름으로 써 놓았던 조각들을 한 데 엮어 보았다. 글은 실오라기 하나 걸치지 않은 벌거벗은 몸으로 써야 하기 때문에, 그 일은 필연적으로 성찰이며, 성찰이 덜 익었을 때는 부끄러움일 것이다. 성찰은 시계의 초침처럼 늘 새롭고 끝이 없는 것이라, 그것으로 부끄러움을 가리기는 어려운 일이다.

차례

2장 세상은 저런 놈이 오래 산다네

3장　세월은 뻘뻘뻘뻘 빨리도 기어가네

4장 계절은 책장을 넘기는 것처럼

5장 손가락 사이로 왔다가 발가락 사이로 빠져나가는

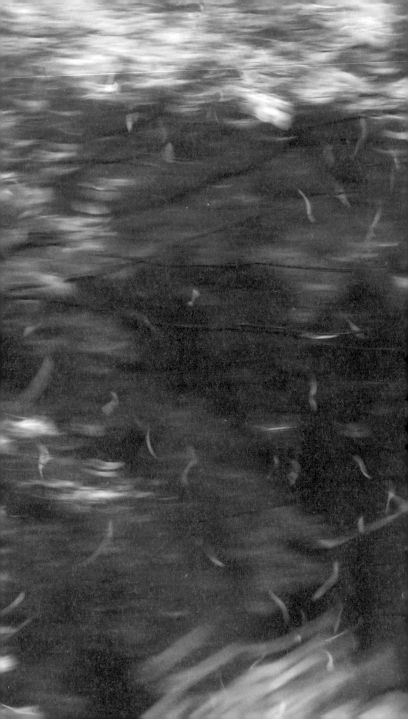

1장

갑오년에 콩 볶아 먹는 소리

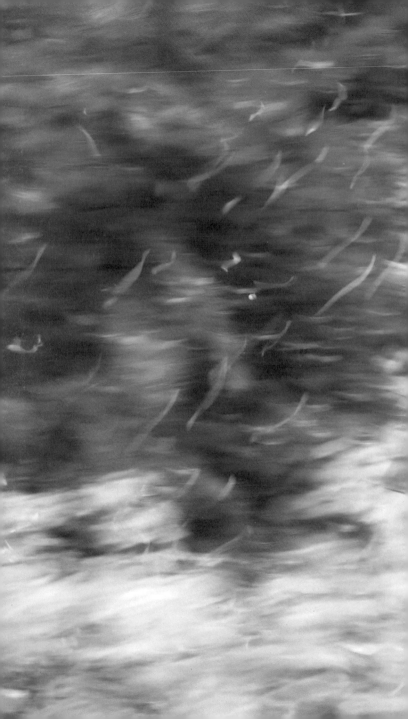

1994년 변산.

윤 선생° 뒷짐 지고 묻는다.

"대두大豆 파종播種 시기가 언제랍니까?

흥촌 아짐 허리 펴면서 답한다.

"대…… 머라고? 대가리가 어쨌다고."

"아니, 대두 파종 시기 말입니다."

"대두가 뭐여?"

"아, 콩이지요."

"그러면 콩이라 글먼 되지, 입이 삐뚤어졌능가?"

"……."

"파종은 뭐여?"

"심는 시기 말입니다."

"긍께 콩 언제 심냐, 그 말이제?"

"맞습니다, 맞아요."

"기냥 콩 언제 심냐고 물어보믄 될 것을,

뭔 갑오년에 콩 볶아 묵는 소리를 그라고 해써."

"……."

"올콩(여름 콩)은 감꽃 필 때 심고,

메주콩은 감꽃이 질 때 심는 거여. 알겠어?"

"예에."

°　　윤 선생은 농부 철학자 윤구병 선생이다. 그는 변산에 처음 갔을 때
　　겪은 이야기를 들려주었다.

헤어 소수자의 길

살랑살랑 가을바람이 불어 뱅글뱅글 은행잎이 돌 때 나는 머리칼을 쓸어 넘기곤 했다. 바람에 흩날리는 것들을 정돈하기 위해 손가락으로 빗질을 하면 그 사이로 흐르는 물처럼, 비단결처럼 쓸려나가던 부드러운 감촉들, 그 아스라한 촉감들.

어느 해부터인가 한 올 한 올, 날아가 버린 것들은 돌아오지 않았다. 머리가 나쁜데 많이 쓰면 머리카락이 빠진다고 하더니, 숲은 점점 메마르고 사막화되기 시작했다. 무등산에 오르면 서석대 못미쳐 민둥의 고갯마루가 나오는데 이름이 '중머리재'僧頭峯다. 나는 그 정도는 아니고, 주변머리가 절반은 남아 통상 '오할스님'으로 불린다. 한자로는 '독'禿을 쓴다. 독산은 민둥산이다. 이삭이 고개를 숙일 때 꺾인 모가지 부위에는 터럭이 없는 데서 취했다고 한다.

16

국내 사례로는 5공의 전 아무개 씨가 대표적이고, 해
외 사례로 영국의 처칠과 프랑스의 드골, 그리고 러시아
의 경우가 매우 특이하다. 마지막 황제 니콜라이 2세는
비대머리인 반면 혁명을 이끈 레닌은 대머리였다. 스탈
린과 흐루쇼프(대)…… 체르넨코와 고르바초프(대), 옐
친과 푸틴(대)에 이르기까지, 여야처럼 번갈아 집권하는
전통이 100년 넘도록 깨지지 않고 있다.

　내가 가르마를 잃고 살아가던 중년의 어느 날, 어린
이집에 다니던 다섯 살 늦둥이 여식의 '재롱잔치'가 열
렸다. 문예회관 객석은 여러 가족으로 빽빽이 들어찼고,
우리 내외는 장모님을 모시고 참석했다. 딸은 뒤쪽 군무
대열에 섞여 있던 반면에 주인공 아이의 춤사위는 감탄
할 만한 것이어서, 역시 예체능은 타고나는구나, 그런
생각을 했다. 잔치가 끝나고 저녁을 먹으러 인근 식당에
사람들이 몰렸다. 일하는 아주머니가 우리 테이블에 주
문을 받으러 오더니, 한마디 덧붙인다. "여기는 아빠가
안 오셨네!" 아빠 앞에서 아빠의 부재를 얘기하는 그녀
의 눈빛에 일말의 의심도 없다. 관공서 복도에서 타인에
게 인사를 받고, 심지어 '어르신' 소리도 들어보았지만,
이때의 충격은 컸다.

　이튿날 서울 시청 근처 유명한 가발회사를 찾았다.

모델 사진 옆에 '10년 젊음 보장'이란 문구가 쓰여 있다. 가발은 비 맞거나 며칠 쓰면 빨아야 하기 때문에 대개 '원 플러스 원'으로 한다. 나는 인모로, 신상으로 한쌍을 맞췄다. 그것을 쓰고 나오던 날, 햇살이 눈부시던 날, 이마를 간지럽히는 그 촉감을 잊을 수가 없다. 술집 화장실에서 오줌을 누고 있는데 뒤에서 "참 잘 어울리시네요" 하는 소리가 들린다. 돌아보니 불그레한 얼굴의 그도 쓰고 있다. "아, 그쪽도! 전혀 몰라보겠는데요" 했더니 그가 좋아한다. 우리끼리는 이렇듯 한눈에 서로를 알아본다. 흰머리가 늘었다고 불평하는 사람들에게 우리는 덩샤오핑의 '흑묘백묘론黑猫白描論'에 빗대, '흑모백모론黑毛白毛論'을 설하기도 한다. 희든 검든, 있으면 되는 것 아니냐고.

여러 날 열심히 쓰고 다녔다. 몰라보게 젊어졌다거나, 동생이 온 줄 알았다는 덕담도 받고. 그러나 잠시, 달라진 것은 없었다. 나는 진짜 젊어진 것일까? 거울 앞 내 모습이 낯설고 불편하다. 가발 밖으로 덧자란 머리칼을 수시로 다듬어야 하고, 운동하고 나면 가르마가 틀어져 있기도 했다. 아무도 내 헤어스타일에 관심을 갖지 않는다는 사실을 깨닫기까지 오래 걸리지 않았다. 그저 흐를 뿐, 여인의 눈길은 머물지 않았고, '다음 역에서 내려요' 하고 넌지시 말을 건네는 사람은 없었다.

나는 마침내 벗었다. 불교에서 머리칼을 심검尋劍으로 베어 버리듯, 나는 본래의 나로, 오할스님으로 돌아왔다. 벗고 보니 그것은 번뇌였다.

'꼭 참석하시어 자리를 빛내'달라거나, '모毛가 부족한데요' 하는 말들은 초추의 양광처럼 우리를 슬프게 한다. 나는 용기를 내어 '모毛밍아웃'을 하면서, 사회적 편견과 차별이 걷히는 그날까지 '헤어 소수자'로서의 삶을 묵묵히 걸어가야겠다고 다짐했다. 오늘 밤에도 바람이 두피에 직접 스치운다.

게 등딱지

아랫집 간장 끓이는 냄새가 솔솔 올라와 우리 집도 게장을 담았다.

며칠 지나 한 마리를 꺼내 펼쳤다. 등딱지에 분홍의 알과 먹을 것이 꽤 들어 있었다. 내 젓가락이 의심 없이 나가려는 순간, 딸내미의 젓가락이 앞서 등딱지에 가 닿는다. 비행접시 같은 그것이 약간 기우뚱거리며 이륙하더니, 딸의 밥그릇에 미끄러지듯이 내려앉았다.

아뿔싸! 순간의 방심이 돌이킬 수 없는……. 나는 망연자실했다. 등딱지의 주인이 순식간에 정해져 버렸다. 내 젓가락은 허공에서 방향을 잃고, 김치를 집었다. 그때 나는 한 시대가 저물고 있음을 직감했다.

60년 전, 그것은 의심 없이 조부의 입으로 들어갔다. 30년 전에는 아비의 입으로 들어가는 것을 나는 보았다. 이제는 그것이 밥상머리에서 도난의 우려 없이 당연히 내 몫이 될 줄 알았다. 그런데 가문의 순리를 배반하고, 딸의 입으로 들어가는 중이다.

이 난데없는 상실은 무엇인고. 예방 교육이 부재한 탓이다. 30년 전에 나는 젓가락이 아예 등딱지 근처로 날지 못하도록 엄한 교육을 받았다. 기득권의 영역은 신성불가침이었다. 어느 날 교련이 폐지되듯 예방 교육은 사라져 버렸고, 딸의 젓가락은 성역 없이 날고 있다. 딸을 따로 불러 구한말부터 그것은 아비의 몫이었다고 설명할 수 없는 노릇이다.

나는 그날 밥상머리에서 일거에 깨달았다. 누대의 독점체계가 더는 세습되지 않는다는 것을. '부모를 부양해야 하는 마지막 세대이자, 자신의 노후를 책임져야 하는 첫 세대'라는 말이 무슨 뜻인지를. 그것이 구체적으로 현실에서 어떻게 나타나는지를. 그리고 앞으로 얼마나 많은 날이 내가 생각하는 것과 다르게 움직일 것인지를.

58년 '개띠'를 '개떼'라 부르며, 그야말로 태어나는 것이 '유행'이었던 '베이비붐' 세대들, 그 베이비들이 지금은 지하철을 공짜로 타는 지공대사가 되어 있듯, 게 등딱지 속에 한 시대가 저물고 있다.

뻥의 스케일

하늘 이불, 땅 자리에 산을 베게 삼고
달 촛불, 구름 병풍에 바닷물로 술을 빚었네.
거연히 취해 일어나 춤추나니
긴 소매 곤륜산에 왜 이리 걸리는가

진묵대사의 선시禪詩다. 하늘이 이불이고 달이 촛불
이다. 바닷물로 빚은 술에 거나하게 취해 더덩실 춤이나
한번 추려고 일어나는데, 뭔가 소매에 걸린다. 그것이
나뭇가지가 아니고, 곤륜산이라는 얘기다.

아침에 나서 저녁에 죽는 버섯은 그믐과 초하루
를 알지 못하지.
여름 한 철 사는 쓰르라미는 봄과 가을을 모른
다네.

명령冥靈이라는 거북은 봄이 500년, 가을이
500년.

대춘大椿이라는 나무는 봄이 8,000년, 가을도
8,000년이었다네.

장자의 말씀이다. 하루살이는 내일을 모르고, 여름살
이는 가을을 모른다. 그런데 거북에게는 봄이 500년이
고, 나무에게는 가을이 8,000년이다.

뻥의 스케일이 짱이다. 어지간해야 따지고 대거리도
하는 법. 『수호지』의 노지심처럼 술 한잔 마시고 길을
가는데 뭔가 걸리적거려서 나무를 뽑아 버렸다거나 어
느 정도 해야 그 틈을 비집고 왈가왈부하는 것이지 소
매에, 산이 걸린다거나 가을이 8,000년이라고 나오면
입을 다물 수밖에 없다.

인간사 행이며 불행이며, 즐거움이며 노여움은 무엇이
냐? 나고 죽음까지 다 뜬구름 같은 것이로되! 무릇, 천
지는 내게 형체를 주어 태어나게 하고, 삶으로 나를 수
고롭게 하고, 늙음으로 나를 한가롭게 하고, 죽음으로
나를 쉬게 하네! 그런 시도 있다.

하나 더, '맹구우목盲龜遇木'. 눈먼 거북이가 바닷속에
서 살다가 100년 만에 숨 한번 쉬려고 물 위로 떠오르

는데 그때 구멍 뚫린 나무토막 하나를 만나 거기에 목을 걸치고 쉬었다가 다시 내려간다는 뜻이다. 바다거북의 목이 나무 구멍에 골인한다? 『법화경』에 나오는 말로 부처님이 제자에게 인연의 어려움을 예시하는 대목이다.

진묵도 장자도 부처도 보통 뺑이 아니다. 시간을, 혹은 공간을 상상할 수 없을 만큼 늘리거나 줄여보면 알수 있다. 영원을 뜻하는 겁劫이나 순간을 뜻하는 찰나刹那가 결국은 같은 말이 된다는 것을. 땅에 금을 긋고그 안에 살면서 다 쓸데없는 뺑이라고 치부해 버리지만, 그러면 쓸 데 있는 것은 무엇이 얼마나 되나? 나는저렇게 속절없이 우주를 날아다니리라. 여름날 소나기를 흠뻑 맞은 것처럼 속이 다 후련해질 것이니.

부드러운 혀

상용商容은 어느 때 사람인지 모른다. 그가 병으로 앓아눕자 제자인 노자가 물었다.

"선생님, 남기실 가르침이 없으신지요?"

"고향을 지나거든 수레에서 내리거라, 알겠느냐?"

"사람의 근본을 잊지 말라는 말씀이시군요."

"높은 나무 아래를 지나거든 허리를 굽히고 종종걸음으로 가거라, 알겠느냐?"

"마을의 노인들을 공경하라는 말씀이시군요."

상용이 입을 벌리며 말했다.

"내 혀가 있느냐?"

"있습니다."

"내 이가 있느냐?"

"없습니다."

"알겠느냐?"

"강한 것은 없어지고 부드러운 것은 남는다는 말씀이시군요."

"천하의 일을 다 말했느니라."

이렇게 말하고 나서 상용은 돌아누웠다.

허균의 『한정록』에 나오는 이야기다. 자신의 본바탕을 잊지 말고, 윗사람을 공경하며, 부드러움으로 강한 것을 이기라는 뜻이라고 설명한다. '입상진의立像盡意', 이 말은 시를 지을 때 사실을 나열하지 말고, 어떤 상을 세워서 뜻을 깊게 하라는 것이다. 산이 멀리서 봐야 아름답듯이, 은유나 비유를 통해 돌아 들어가라는 정도로 이해된다.

그런데, 스승이 제자에게 '세상 살다 보면 부드러움이 강함을 이긴다'는 가르침을 주면서 입을 열어 "내 혀가 있느냐? 내 이가 있느냐?" 이렇게 묻는立像 것이 참으로 신기하다. 더 신기한 것은 그것을 알아먹는 제자다. 어찌 혀와 이를 보고 단박에 '유능제강柔能制剛'을 알아차렸을까? 그러니까 노자인가. 겨울 숲길을 걷다가 나무에 쌓인 눈이 가지를 꺾어 버리는 것을 보고 부드러움의 힘을 깨달았다고 하니.

나는 혀와 이를 내미는 교습법이 하도 희한해서 중학

생 딸을 앞에 두고 한번 해보았다.

"아빠 혀가 있느냐?"

"……."

"아빠 이가 있느냐?"

"……뭐래? 담배 끊어서 깨끗해졌다고 자랑하는 거야?"

이런 가르침은 이가 다 빠진 뒤에 해야지, 그렇지 않으면 엉뚱한 데로 간다.

논—쟁

"자네 웃대미, 아랫대미라고 아는가?"

"제가 태 자리가 서울 성모병원이라……. 하하! 그렇다고 그것을 모를까요? 웃대미는 윗마을, 아랫대미는 아랫마을을 말하는 거 아닙니까?"

"오, 아네. 그것을 웃뜸, 아랫뜸이라고도 하지. 그럼 논은 아는가?"

"우리 집은 농사를 통 머슴들이 지어 놔서……."

"염병을 허고……."

"그래도 그것을 모를깝시, 위 논은 윗배미, 아래 논은 아랫배미라고 허는 거 아닙니까?"

"아네, 그러면 논에서 뱀이 나오면 그것을 잡아서 윗배미로 던져야 해, 아랫배미로 던져야 해?"

아, 여기서 답이 궁하다. 잠시 머뭇거리는 사이에, "뱀은 윗배미로 던지고, 거머리는 아랫배미로 던져야 하는

28

거여” 하고 잽이 날아온다.

“어째 그런답니까?”

“통 모르는구먼. 뱀은 윗배미로 던져야 논 밑에 구멍 뚫어서 위 논의 물이 내 논으로 흘러들게 하는 것이고, 아전인수라고 들어봤제? 거머리는 아래로 내려가지 위 논으로 차고 올라오지를 못혀, 그래서 아랫배미로 던져야 하는 거여, 알겠능가?”

농사를 직접 지어본 양반과 주워듣고 눈대중으로 아는 체하는 사람이 다른 법, 며칠 전 술 먹다가 무늬만 촌놈이 오리지널 광산 삼도 양반한테 졌다.

뻘수저

 내 고향은 다산의 귀양지에서 한 20리 더 내려간다. 강진만을 따라 서남쪽으로 가면 해남 용일이라는 곳이 있다. 그러니까 출생지가 유배지인 셈이다. 나는 우리 마을에서 제일 출세한 사람으로 광주에서 일식집을 크게 하는 뒷개 김 씨 형님을 꼽는다. 속이 좀 덜 찼을 때는 '우리 선대는 왜 서울에서 이렇게 먼 곳에 터를 잡았을까? 경기, 아니 충청쯤에 살았더라면 지금쯤 땅값이 많이 올라 건물을 짓고 나는 '건주建主(건물주인)'가 되었을 것인데', 하는 생각을 했다. 제사 모시라고 밭을 좀 받았는데, 공시지가가 얼마나 낮은지 재산세가 2만 원이 안 된다.
 어느 해인가 추석에 고향엘 내려가는데 태풍주의보가 내렸다. 강진 마량에서 완도 노화 방면으로 떠나는 배들, 해남 선창에서 완도·진도 부속 도서로 떠나는 수

30

많은 연락선이 올스톱되었다. 사람들이 고향 산천을 눈 앞에 두고 부두에서 오도 가도 못 하고, 발을 동동 구르며 밥을 쫄쫄 굶고, 근처 여관에서 이재민들처럼 명절을 나는 것을 보면서, 나는 비로소 '아! 땅끝이로되 섬이 아니고 뭍이어서 얼마나 다행인가', 이렇게 마음을 고쳐먹게 되었다.

조부는 열 마지기 정도 하는 소농이었다. 그 정도 소출로 자식들 고등교육을 시킬 수는 없다. 조모는 농번기에는 농사일하시고, 농한기에는 갯일을 했다. 농한기는 추수가 끝난 뒤, 늦가을에서 한겨울 지나 이듬해 봄까지 연중 가장 추울 때다. 그때 허벅지까지 올라오는 장화를 신고, 머리에 고무대야를 이고 펄로 들어가는 것이다. 펄 작은 바윗덩어리에는 석화가 붙어 있다. 그것을 호미로 캐고, 참꼬막, 바지락, 운이 좋으면 낙지도 잡으시고, 북풍한설이 몰아치는 겨울 바다를 헤매고 다니셨다. 그것들을 이른 새벽 먼 남창 장에 이고 지고 가서 농한기의 가욋돈을 벌었다. 피눈물까지는 아니어도 살갗이 찢어지는 돈이다. 그 돈으로 내 아버지와 숙부, 아들들만 대학을 가르쳤고 고모들은 국졸에 그쳤다. 할머니는 "저 바다 좀 없어져 버렸으면 좋겠다"라고 입버릇처럼 그러셨다.

며칠 전 술 한잔하면서 고향 얘기가 나와 이런저런 얘기를 나누었다. 그 자리에 내 선후배와 철학책을 써서 유명한 아무개 선생도 함께했다. 선생의 고향은 나와 해남군 같은 면 다른 마을이다. 선배 한 분은 고향이 화순인데 나보고 그런다.

"해남 촌에서 많이 출세했네. 원래 누가 더 촌놈이냐는 서울서 얼마나 가깝냐, 즉 위도로 치거든. 그니까 나보다 훨씬 촌놈이지. 근데 서울 사는 것을 보면 겁나 출세한 거라. 그리고 당시 촌에서 아버지가 고등교육을 받았으면 금수저는 아니어도 은수저는 되는 것이라고."

그러고는 웃다가 나는 "촌에서 갯것만 먹고 컸는데 무슨 은수저요?" 하였다. 나는 조모를 생각하면 마당에 석화 대야를 엎어놓고는 조새로 석화를 까서 자기 입에 넣었다가 쩍을 바른 뒤에 그것을 쳐다보고 있는 어린 내 입에 넣어 주던, 쩍이 붙어 있던 조모의 그 모습이 떠오른다. 그래서 나는 굴과 꼬막, 바지락국 같은 것을 이유식으로 먹고 자랐고, 지금도 좋아한다. 그러니 흙수저지, 은수저는 언감생심이라고 했다.

그 와중에 철학 선생, "그러면 뻘수저°네" 한다.

° 개펄을 뜻하는 '펄'을 소리나는 대로 표현한 것.

좌중이 무릎을 쳤다.

"하! 뺄수저!"

"다른 것은 다 내버리고 이제부터 뺄수저를 아호로 삼으라고" 선배는 말했다. 나는 언제부터인가 탈모가 시작돼서 베개에 머리가 닿는 부분만 남기고 나머지 절반 정도가 사라졌다. 그래서 통상 '오할스님'으로 불린다. 그것을 고상하게 '반승半僧'이라고 고쳐 부른다. 그 반승에 더해 이참에 뺄수저가 하나 더 생긴 셈이다. 뺄수저, 얼마나 멋진 말인가!

내 생가는 외양간이 되었다. 먼 일가가 우리 집을 샀는데, 거기에 소를 키우는 것이 나는 못내 섭섭했다. 그러면서 이런 생각을 하곤 한다. 저렇게 외양간이 되어서는, 훗날 내가 훌륭한 사람이 되어서 생가를 복원할라치면 해남군이 고생 좀 하겠구나!

장맛비가 주룩주룩 오시는 여름날 아침이다.

고추

엊저녁에 '가내농업'을 하는 후배와 백주를 한잔했다. '가내농업'은 집 마당 텃밭에 이것저것 심어 자급자족하는 일에 내가 붙인 말이다. 40도가 넘는 술이라 금방 취기가 올라왔다. 안주는 병치에 호박, 감자 넣어서 조린 것하고 밑반찬 몇 가지였는데, 그중에 오이고추를 썰어 된장에 무친 것이 있었다. 아삭아삭 씹히는 맛하고 안 매워 좋다고 했더니, 후배가 오이고추도 매운 것이 있다는 것이다. 후배는 광주 근방 농촌에 큰 마당이 딸린 낡은 집에 사는데, 마당이 300여 평이라 꽤 넓다. 거기에 상추·오이·토마토·호박·신선초·고추·수박 등등 별것을 다 심어 거둬 먹고 나눠 주기도 하는 새내기 농부다. 슬슬 알아 가는 농사 재미가 쏠쏠한지, 큰 깨달음을 얻은 것처럼 이것저것 알은체를 해싼다.

"오이고추가 왜 매운지 아시우?"

"모르지, 오이고추가 매우면 오이고추가 아니지."

금년 초봄에 오이고추를 심어서 잘 따먹고 있는데, 어느 날부턴가 갑자기 안 맵던 오이고추가 맵더라는 것이다. 청양고추 못지않게 상당히 매워서 이것이 무슨 조화인지 이상해서 뒷집에 팔순 할매한테 콩 삶은 것을 들고 찾아갔더라는 것이다.

"매울 이유가 없는데, 자네 혹시 청양고추도 심었능가?"

"같이 심었지요."

"어디다가?"

"나란히 심었지요."

"그랑께 맵제."

"그것이 가까이 심으면 오이고추도 매워져 버린답니까?"

"그것이 아니고……."

여기서 무릎을 치는 한 말씀이 떨어지니, 역시 세상을 오래 산 사람들이 헛산 것이 아니다.

"벌이 그런 거여, 벌이."

청양고추 꽃에 앉아 있던 벌이 오이고추 꽃에 앉은 것이다. 벌이 청양고추 꽃가루가 묻은 엉덩이를 오이고추 꽃가루에 대고 비벼 버리니, 원래 못된 것이 강하다고, 매운 성질이 수정돼 따라 들어와 버렸던 것이다. 처음에 오이고추가 원래대로 안 매웠던 것은 늦게 심은 청양고추의 꽃이 아직 안 피었기 때문이었다.

"그러니까 같이 심는 것이 아니여. 밭에도 멀찌감치 심어야 돼. 집 안에다 심을 때는 고추는 하나만 심어야 되는 거여."

가만 생각해 보라, 할매의 저 말씀은 80년의 지혜이니, 어디 농사에만 국한될 뜻인가?

말의 맛

가을로 접어든 어느 하루, 점심을 먹고 나오는데 비가 오신다. 갈 때는 해가 나서 우산을 안 들고 갔었다. 아침나절에 흐리더니, 그새 맑고, 또 흐려졌다가 볕이 나고 오락가락한다. 비를 맞고 갈까, 그치기를 기다렸다가 갈까 망설이는데, 점심 같이 잡순 양반 입에서 한 말씀이 떨어진다.

"여름 소나기 소 잔등을 가르고, 가을비는 할아비 수염 밑에서도 피하는 법이여."

그냥 가자는 말을 저렇게 멋지게 할 수 있을까? 문을 나서 비 맞고 걷는데, 몇 걸음 안 가 비가 그치고 해가 나는 것이 아닌가. 과연 조부님 수염 밑에서도 피할 비로구나. 소나기가 소 잔등을 가른다는 말은 소 등뼈를 기준으로 좌측에는 비가 오고 우측에는 비가 안 온다는 뜻이다. 여름 소나기는 국지적으로 내린다. 앞마을에는 비가 오고 뒷마을은 맑고 그런 것을, 소 잔등으로 압축하여 말하는 것이 지혜가 듬뿍 담긴 아포리즘 같다.

꽤 오래전에 담양 창평 국밥집에서 돼지국밥을 먹을 때의 일이다. 주인이 '욕쟁이 할매'로 유명한 집이다. 손님이 하도 많아 밥이 떨어졌던 모양이다. 여기저기서 밥 빨리 안 준다고 뭐라 하자, 국자를 들고 있던 할매 입에서 한 말씀이 떨어진다.

"생쌀을 씹을래?"

그 한마디에 아무도 대꾸를 못 하고 적막이 흐른다. 딱 여섯 자의 말로 소란하던 마당을 간단히 평정해 버린 것이다.

저것이 전라도 말이다. 전라도 말은 '~했당께, ~해부러', 또는 '거시기, 머시기.' 이런저런 인토네이션이나 악센트, 혹은 어미의 변화에 있는 것이 아니라 그 풍부한 은유와 비유에 있다. 돌아가신 내 할머니는 "갑오년에 콩 볶아 먹는 소리 하지 마라" 그런 말을 가끔 하셨다. 아니 그 외에도 숱한 은유와 감칠맛 나는 말들을 많이 하셨는데, 기록을 못 해 두어서 너무나 안타깝다. 70년대 해남에서 평생 살다가 광주로 이사 온 지 얼마 안 됐을 때 할머니가 급체하셔서 초등학생인 내가 택시를 타고 '체 내는 집'을 모시고 다녀왔다. 이튿날 또

가는 길에 택시를 잡았는데, 할머니가 기사님에게 "어제 간 그 체내는 집으로 가자"고 하시는 것이 아닌가!

갑오년이면 동학 농민전쟁이 난 해이고, 콩 볶는 소리는 따발총 쏘는 소리와 같다. 그러니 어디 잡혀갈 위험한 소리 하지 말라는 뜻이었는지, 번갯불에 콩 볶아 먹듯이 일을 대강하지 말라는 뜻이었는지는 아직도 잘 모른다.

저기 저 준 땅의 차가운 샘물 온 고을 골고루 적셔 주거늘,
아들을 일곱이나 두었으면서 어머님 저리도 고생하시네.

『시경』「패나라의 노래」에 나오는 한 대목인데 세상살이의 고달프고 애달프고 그런 것을 노래하는 것이 시詩임에는 틀림없다. 하지만 '가을비는 금방 그칠 것이니 그냥 가자'고 하거나, '밥이 떨어졌으니 좀 기다리라'거나 '아들을 일곱이나 두었으면서 어머님 저리도 고생하시네.' 이렇게 하면 그냥 심심한 말에 그친다.

"가을비는 할아비 수염 밑에서도 피하는 법이여."

"생쌀을 씹을래?"

"저기 저 준 땅의 차가운 샘물 온 고을 골고루 적셔
주거늘, 아들을 일곱이나 두었으면서 어머님 저리도 고
생 하시네."

이렇게 '할아버지 수염 밑'이나, '생쌀', '땅을 고루 적
시는 차가운 샘물' 같은 것들이 들어가야 시나 노래처
럼, 말보다 높은 격을 얻게 되는데, 나는 그 이유가 '말'
은 한번 생각하고 하는 것이고, '시'는 두 번 생각하고,
세 번 되새기는 사유가 들어가 있기 때문이 아닐까 짐
작한다.

옛날 선배들

　평생 즐기던 술도 그쳐야 할 때가 온다. 늙어서 열반이 가까워져 올 때, 혹은 몸이 아파서 술을 거부할 때, 더 마실 수 없어 슬프다. 금주는 대체로 의사의 명령에서 온다. 나도 언젠가 그렇게 되겠지만 그날이 좀 더디게 오기를 빈다. 늘 그렇게 생각한다. 오늘도 좀 부족한 듯하게, 내일 마실 공간을 남겨 두고 술을 그쳐야지. 내가 좋아하는 두 선배의 이야기인데, 특이하게도 비슷한 점이 많다. 연세도 넬모레 팔순이고, 음주와 금주의 중간에서 버티고 있는 점도 그렇다. 한 사람은 평생 신문사에서 일한 논객이다. K선생, 광주고 9회니까 내게는 선배도 한참 선배다. 나는 그와 함께 근무할 때, 많은 나이 차이에도 불구하고 꽤 여러 번 술자리에 끼었다. 후배들을 좋아해서 그런 자리도 잦았다. 논설위원 하실 때 얘기다.

41

"어이, 반만 딸소, 반만 딸소, 반만 딸소."

잔을 건네고 소주를 따르기 직전에 급하게 입에서 쏟아진다. 처음 듣는 사람은 무슨 말인지 잘 모른다. 술을 가득 따르지 말고, 잔에 절반만 따르라는 얘기다. 술을 따르는데 술병에 잔이 와서 딱딱 하고 부딪친다. 손을 상하로 떠는 수전증이다. 옛날 논설위원 선배들이 많이 그랬다. 잔에 가득 따르면 손을 떨어서 술이 밖으로 헛쳐진다. 그러니까 가득 따르나 절반만 따르나, 결국 잔에 남은 양은 같다. 그 절반이 헛쳐지게 된 것이 아깝고 부끄러워서 저렇게 급하게 '반만 딸소'를 세 번이나 외치는 것이다. 그리고 정말 신기하게도 그 반 잔의 술이 석 잔 들어가면 안 떤다. 말하자면 몸이 '정상화' 되는 것이다.

"어이, 담뿍 딸소, 담뿍 딸소, 담뿍 딸소."

또 한 사람은 시인이다. 서 시인, 「30년 전-1959년 겨울」이라는 시에서 "가서 배불리 먹고 사는 곳, 그곳이 고향"이라고 쓴 사람. 순천 사범대 출신으로 이분 역시 내게는 천장이 안 보이는 선배다. 서울 인사동에서 가끔 끼어 주곤 해서 몇 차례 술을 마셨다.

시인은 일몰에 술을 시작해서 일출까지, 인사동의 주객으로, 시인 필명보다 주객으로 더 유명했다. 그렇게 마시던 술 덕분에 어느 날 머리가 핑 돌고, 하늘이 노랗더라는 것이다. 병원에 갔더니 뭔가 뇌졸중 비슷한 증상으로 보이는 한 오라기의 실 같은 흔적이 뇌에 남아 있다면서 큰일 날 뻔했고, 당장 술을 끊으라는 금주령이 떨어진 것이다. 존경하는 시인은 "딱 한 잔도 안 되냐"고 간절히 호소했고, 그것이 통해서 의사에게 '딱 한 잔!'의 허락을 얻은 것이다.

시인은 주로 막걸리를 드시는데, 양은 사발에 술을 따르는 와중에 "담뿍 딸소!"를 외친다. 한 잔을 가득 따르라는 얘기다. 넘치기 바로 직전까지, 그러니까 표면장력 덕분에 넘치지 않는 것이지 사실은 잔의 용량을 초과한 고봉이다. 안주는 손도 대지 않고 사발을 두 손으로 조심스럽게 들고는 단숨에 술잔의 약 8할을 꿀꺽꿀꺽 들이붓는 것이다. 그 누룩에 삭은 희고 신비로운 무엇이 목젖을 타고 공복의 위장으로 흐를 때, 우리가 떠나온 옛 고향처럼 차마 그 맛이 꿈엔들 잊힐 것인가! 오직 한 잔을 마시되 잔에 남은 2할을 들었다 놨다, 입술을 축이며 술자리의 긴 시간을 버틴다.

봄비가 내린다. 그 음주와 금주의 사이에서 끝까지 현역으로 버티던, 펜 하나 들고 그리도 꼬장꼬장했던 옛날 선배들이 그립다.

저 지경이 저 경지가 되는 순간

왜 스님은 여름에도 마후라를 하고 다닐까?

마후라는 머플러muffler로, 일본 들렀다 오면서 고생하는 말인데, 스님은 그것을 사철 두르고 다닌다. 머플은 감싸다는 뜻이니 추울 때 목을 감싸는 방한용으로 사용하는 것이 으뜸이다.

둘째는 멋 내기 소품으로 쓰인다. 바바리코트 옷깃 사이로 두 줄기의 긴 머플러 자락을 휘날리면서 우수에 젖을 때 여인은 소리 없이 다가와 눈을 감는다. 이것은 보통 3월까지이고, 여인들이 5월까지도 하고 다니는 것은 스카프다. 보통 마후라는 이쯤에서 그 쓰임을 다하고 장롱 속으로 들어간다.

스님에게 세 번째 쓰임은 타월이다. 아침에 세수하고 얼굴 닦고, 스님들은 세수하다가 손을 좀 위로 올리면 바로 머리까지 감는 것이므로, 머리 닦고, 탈탈 털어서

메고 나오는 것이 마후라다.

네 번째는 손수건으로 쓴다. 중인환시리衆人環視裡에 마후라 깃을 들어 올려 콧구멍을 판다. 코를 푸는 것은 다반사고, 눈곱도 그걸로 닦는다. 작년 가을 조계사 대웅전 앞에서 수많은 사람이 모인 가운데 야단법석을 할 때 스님이 갑자기 마후라를 풀더니 발가락 사이를 닦아 내는 것을 나는 봤다.

그 마후라로 찻잔을 닦는다. 행주로 쓰는 다섯 번째 용도에 사람들은 기겁한다. 스님은 마후라로 닦은 찻잔에 차를 담아 준다. 탁자에 흘린 물방울 역시 그걸로 닦는다. 내색할 수도 없고, 눈 찔끔 감고 뽕잎차를 마신다.

마지막 여섯 번째 쓰임은 바랑 끈의 조임 용도다. 긴 순례 길에 바랑이 자꾸 처지니, 마후라로 그걸 한번 묶어, 말하자면 요즘 배낭의 어깨끈처럼 사용했는데, 그것이 마후라 다용도의 시작이다.

내가 궁금했던 것은 마후라 두 갈래의 용도가 각각 다르냐는 것이다. 스님 얼굴 닦는 것은 오른쪽이고, 내게 내미는 찻잔 닦는 것은 왼쪽이겠지, 설마 그걸 구분하지 않고 쓸까 하는.

절집 사람들은 '발가락 사이로 흘러나온 무좀약도 그것으로 닦는다'고 했다. 그래서 '쪽물, 황토물, 오배자물을 들인 목도리 세 개를 만들어서 수건과 행주로 구분하기 위해, 오른쪽에 눈에 잘 띄는 빨간색 수를 놓아드렸다'는 것이다.

그러나 무망한 일이다. 스님은 그것을 구분할 생각도 없고, 하려고 해도 바람결에 뒤바뀌는 것이 좌우의 갈래이니, 애당초 부질없는 일이다. 아는 사람은 다 안다. 스님 곁에 가면, 냄새가 난다는 것을. 여섯 가지 용도의 마후라에서 풍기는 여름날 쉰밥 같은 구릿한 냄새!

1년쯤 지나서 스님이 더운물을 아예 쓰지 않는다는 사실을, 책상 위에 두루마리 휴지가 없다는 사실을 알게 되었을 때, 아! 그 냄새가, 냄새가 아니었구나! 무애無碍라는 것이 저런 것 아닐까 하고 퍼뜩 깨달았으니……. 저 지경이 저 경지로 넘어가야, 곰탕 한 그릇 먹는 것이 몇만 원씩 하는 채식 뷔페보다 더 깊고, 막걸리 한잔하는 것이 몇 백만 원 하는 보이차를 마시는 것보다 더 스님 같다는 사실을 깨닫게 되는 것이니. 무릇, 가르침이란 저런 것이리라.

올라갈 때 보지 못한 꽃을 내려갈 때 본 것처럼, 무애를 지나면서 냄새는 향기로 바뀌고, 스님은 스승이 되어 있었다. 이렇게 꿉꿉한 여름날, 그 쉰밥 같은 도법 스님의 향기가 그립다. 내게 '효천曉天'이란 법명을 지어 주신.

금둔사

팔순 노모와 엄니 친구를 모시고 순천 금둔사에 다녀왔다. 금둔사 매화는 '납월홍매臘月紅梅'라 하여 우리나라에서 제일 먼저 피는 꽃으로 유명하다. 납월은 음력 12월이니, 말하자면 금년 꽃이 작년에 피는 셈이다.

점심 먹으면서 엄니 친구에게서 들은 얘기 한 토막.

"나는 혼자 사니까 누가 올 사람이 없는데, 아파트 벨이 울리더란 말이다. 딸인가, 누군가 했더니 뭔 여자가 주민센터에서 왔다는 거야. 근데 야쿠르트 아줌마랑 같이 왔어. 앞으로 매일 건강에 좋으라고 야쿠르트를 하나씩 넣어 주겠다고 하더라고. 그러더니 대문 손잡이에 봉지를 매달아 놓더라. 아! 이것이 그것이구나, 그런 생각이 퍼뜩 들더라고. 그래서 내가 그랬지. 혼자 죽으면 찾기 쉽게 하려고 그러는 거여? 그랬더니 그 여자가 막 손을 흔들면서 아니라고 그러더라고."

내 어머니 거기에 초를 친다. "그냥 고맙게 먹겠다고 그러지 그랬냐."

"그럴 걸 그랬지."

"북구는 좋네, 우리 남구는 야쿠르트도 안 주더라."

그다음 날부터 봉지에는 야쿠르트가 하나씩 들어 있었다. 그래서 독거노인은 매일 야쿠르트를 마신다. 어느 날 봉지에 야쿠르트가 그대로 남아 있으면, 주민센터 직원이 다시 찾아올 것이다.

금둔사 홍매가 그 명성만큼이나 아름답게 피었던 초봄이었다.

실상사 뒷간

실상사 뒷간에서 화두話頭 하나가 깨진다.

한 스님이 "무엇이 부처입니까?"라고 묻자 운문 스님이 "마른 똥 막대기"라고 했다는 '운문시궐雲門屎橛'!

대개 부처는 잘 지어진 팔작지붕 목조 건축물 한가운데 눈을 가늘게 뜨고 황금빛으로 앉아 있다. 그 앞에 합장하며 삼배를 올리는 사람에게는 경외의 대상이다. 그런데 똥 막대기라니, 참으로 불경한 말이 아닌가.

실상사 회주 도법 스님은 부처가 똥이라는 등식을 이렇게 설명한다.

"사람이 살기 위해 밥을 먹지. 밥을 먹고는 똥을 싸지. 똥이 논밭의 거름으로 돌아가 곡식이 되지. 사람이 다시 그것을 먹게 되는 것이니까, 사람과 밥과 똥은 같은 거란 말이지."

"그게 그렇게 됩니까?"

"관념과 실제는 다른 거야. 사람은 좋고, 밥은 그저 유기물이고, 똥이 더럽다는 것은 관념이지. 실제로 셋은 평등하고 온전한 가치를 갖지 않나. 신이 뭐야? 배고픈 자에게 신이 뭘까? 간디는 밥이라고 했지."

실상사 뒷간은 2층 구조다. 공양간에서 밥을 먹고, 뒷간에서 똥을 싸면 똥은 2층에서 1층으로 떡하고 떨어진다. 똥을 다 누고는 쌀겨를 한 바가지 붓는다. 똥이 쌓이면 퍼내어 낙엽으로 덮는다. 그것을 막대기로 적당히 섞어 뒤집어 놓은 뒤에 잘 썩으면 창고로 옮긴다. 이때 똥 냄새가 별로 안 나는 것이 신기하다. 똥은 거름이 되고, 거름은 밭으로 간다.

팻말에는 이렇게 쓰여 있다.

뒷간은 농약과 화학비료를 쓰기 전까지 우리 먹을거리를 키우는 거름이 만들어지던 공간이었습니다. 쌀을 비롯한 온갖 채소들은 똥오줌의 또 다른 모습입니다. 땅으로, 쌀로 되돌리지 못하는 수세식 화장실은 겉은 깨끗해 보이지만 우리의 식수원인 강물을 오염시키는 주된 원인 가운데 하나입니다. 땅을 살리고 먹을거리를 살리며 농사짓는 농부님들을 살리고 그 쌀과 채소를 먹는 우리의 생명을 살려내는 일은 똥을 제대로 대접하는 것에서부터 시작됩니다. 냄새는 좀 납니다. 그것은 우리 모두를 되살리는 고마운 생명의 향기입니다.

똥을 누며 배운다. "똥은 밥이 되고 밥은 똥이 됩니다. 이 생태 뒷간에서 만들어진 퇴비는 실상사 농장에서 사용합니다. 여러분의 똥은 쓰레기가 아니라 생명을 살리는 하늘입니다."

도법 스님이 사람과 밥과 똥이 같다고 말하면서, 스님이 사는 절 실상사에서 똥을 똥으로 취급했다면, 그것 또한 관념에 불과했을 것이다. 관념 속의 개는 짖지 않는 법이니까. 하지만 "깨달으면, 알면 뭐하나? 실천하지 않으면 헛것이지." 스님이 늘 하는 말처럼, 실상사 뒷간에서 똥은 밥으로 되살아나고 있다.

두두물물무비불頭頭物物無非佛, 세상 모든 것이 부처 아닌 것이 없다. 똥이 밥이고, 밥이 사람이고, 사람이 부처이니, 하나 건너뛰면 똥이 부처가 된다. 운문 스님의 화두, '운문시궐'은 실상사 뒷간에서 여지없이 깨지고 만다.

화불과야

그대, '미움'의 무게를 잴 수 있는가?

미움은 형체가 없으니, 질량을 잴 수 없겠지. 순간 일었다 금세 사라지는 바람처럼. 하지만 말일세. 살갗을 스치는 바람은 솜털처럼 가볍지만, 쓰나미처럼 원전原電을 날려 버리는 바람도 있다네. 미움 역시 그러하지 않던가? 담배 한 대 피우는 시간에 일었다 사라지기도 하고, 거대한 돌덩이처럼 평생을 짓누르며 삶을 황폐화하기도 하는.

너를 향한 증오는 몇 근일까? 나는 며칠간 화를 내야 할까? 내가 열 근이라고 생각하는 미움의 무게는 정말 열 근일까? 그래서 열흘간 화를 내는 화의 시간은 정말 열흘어치일까? 미움의 생멸生滅이 자유로운 것은 인간의 영역이 아니지. 피해를 입었으므로 미움이 생겨나고, 화를 내며 되갚음하려는 것이 사람의 얼굴 아닌가?

화를 내는 건 정말 자연스러운 일이지. 문제는 미움의 무게를 달아봐야 화의 길이와 시간이 나오는데 그것을 모른다는 거야. 사람들은 그래서 저울의 눈금보다 미움을 무겁게 포장하여 화를 비싸게 팔고 있지 않은가?

'차불과야茶不過夜'라는 말이 있네. 차가 밤을 넘지 못한다는 중국 속담일세. 차가 아깝다고 어제 우리다 남긴 것을 오늘 마실 수는 없지. 밤을 지나면서 차 맛이 변하기 때문에 그날 못 마신 차는 그날 버린다네. 다관은 행군 뒤에 마르라고 다탁에 엎어 두고.

글자 하나를 바꿔서 '화불과야火不過夜'라고 하나 만들어 보았네. 화가 밤을 넘지 못하게 한다는 뜻으로. 불을 자정 전에 끈다消火는 뜻으로. 화라는 것이 밤을 넘기면 더 강해지기 쉽지. 그러고는 마음속에 척 들어앉지. 그것을 그날 쫓아내자는 것이라네. 불화와 갈등과 노여움 같은 것들을.

내가 일단 정한 것은 화가 나면 화를 좀 내다가, 늦어도 자정 전에는 사과한다는 것이네. 찾아가든, 전화로든, 메시지 혹은 SNS로든 다짜고짜 사과하는 것, '닥치고 사과!' 뭐 그쯤 되겠네. 몇 번이나 실천했을까? 결코 쉽지 않더군. 얼마나 많이 뇌까리고 망설이고, 또 까시러웠겠나? 이튿날 넘겨 사흘을 가기도 했고, 메아리가 없는 경우도 있더라고.

하지만 말일세. '너를 용서 않으니, 내가 힘들어 안 되겠다'는 조용필 노래처럼, 그것을 안 하거나 늦출수록 더 힘들어지는 건 자명한 일일세. 할까 말까가 마음속에서 일어나기 전에 탁 해버리면, 뭔가 찌꺼기를 쓸어낸 것처럼 후련해지더라고. 이왕 하려고 마음먹은 것, 용서를 할 때나 용서를 빌 때는 홀딱 벗고 해야 한다네.

미움의 무게가 나와야 화의 길이가 나오는데, 미움을 잴 수가 없으니 화로 역산해 보자는 것일세. 그것의 길이를 강제로 조여 놓는 거라. 어지간한 것은 당일 소화하고, 딱히 무게가 많이 나가는 것은 하루 정도 연장하는 것이지. 미움이 살찌지 않도록.

미움의 무게를 많이 잡고 화를 비싸게 팔아보니 장사가 안 되더라! 사람이 떨어져 나가고 그 사람은 돌아보지도 않더라! 미움의 무게를 덜 잡고 화를 싸게 팔아보니, 이문은 둘째 치고 우선 속이 편해 살겠더라! 뭐 그런, 가을바람 같은 얘길세.

2장

세상은 저런 놈이 오래 산다네

넷이서 막걸리를 마셨다.
막걸리 한 병은 사발에 석 잔을 따르면
밑에 찌꺼기가 조금 남는다.
순두부처럼 물컹한 건더기.
쌀을 막 걸러 가라앉은 것들이다.
저 물컹한 것 때문에 이튿날 아침 머리가 아플 것
같아서 바닥까지 안 마시고, 넉 잔째는 새 병을 딴다.
두부에다가, 태백 김치를 얹어 술이 몇 순배 돌고
다들 알싸한 취기가 오를 때다.
술이 적당하니, 부족하니, 그러고들 있는데,
한 친구가 병마다 남은 그 물컹한 것들을
제 사발에 다 따르더니
단숨에 들이키는 것이 아닌가!
그러고는 일어나서 변소에 간다.
누군가 그랬다.
"허, 참! 세상은 저런 놈이 오래 산다네."
우리는 유쾌하게 웃었다.
소변 보고 온 친구는 왜 웃는지 영문을 몰라 했다.

무꽃

늦겨울 아침 볕은 남향한 베란다의 좌측부터 삼각형으로 들어온다. 각이 둔각으로 바뀌면서 빛은 점점 거실 안을 비춘다. 빛은 밥상 모서리에서 빛나다가, 밥을 다 먹을 때쯤이면 등 뒤에 와 있다. 토요일 아침밥은 느긋하고 한가롭다. 베란다 손바닥만 한 화단에 모종해 놓은 수선화 몇 개 그리고 못 보던 꽃이 피었다. 하얗고, 약간의 보라와 노랑이 섞인 작은 꽃 여러 개가 서로 얼굴을 부비며 피어 있다. 제법 굵은 줄기를 따라 내려가 보니 몸통이 무다. 고구마 정도 크기에 수분이 빠져나가고, 온몸이 오그라들어 늙은 할멈처럼 말라 비틀어졌다.

"저것이 뭣이래요?"

우리 아파트 아랫집에 노인이 혼자 산다. 엄니하고 말 벗하며 지내는 사이다. 나주에서 자식들 따라 광주로 왔는데, 서방님도 떠나고 어찌됐든 홀몸이다. 노인은 나주에 밭뙈기가 좀 남아 있어, 출퇴근하면서 거기에 뭘 뿌리고 거두고 하여 가끔 얻어먹는다고 했다.

"베란다에 무가 꽉 찼드라. 양껏 가져가라고 해서 여남은 개 가져왔다. 가을무가 삼보다 낫다고 하더라만, 영 형편없드라."

몇 개 씻어 쪼개 놓고 보니 무가 바람이 들어 퍼석퍼석하고 맛도 별로 없었다. 말라 든 꼴이 땅에서 뽑힌 지 꽤 지났던 모양이다. 먹자니 그렇고, 버리자니 그렇고 해서 비닐봉지에 넣어 둔 지 며칠 지났다. 그러다가 음식물 쓰레기 버릴 때 같이 버리려고 가지고 나갔다. 무가 좀 무거운가? 근을 재서 버리는 쓰레기 비용만 4,000원이나 나왔다. 비닐봉지를 열어 무를 몇 개씩 꺼내 버리는데, 그 안에서 차마 버리지 못할 뭔가를 발견한 것이다. 그것은 꽃이었다. 무끼리 서로 짓눌린 틈 속에서 퍼런 꽃대를 키우고, 굽은 꽃대 위에 하얀꽃을 피운 것, 그것을 어찌 버릴 것인가! 그 무는 아스팔트 바닥에 별도로 분류됐다. 나머지는 명줄을 놓아 버렸고, 봉지 안에서 꽃을 피운 것은 두 개였다.

"그 안에서 살아 볼라고 애를 쓴 것이 기특해서."

엄니는 두 개를 다시 들고 들어와 화분 흙 속에 꽂아 두었단다. 삶은 이토록 극적이다. 아침 밥상에서, 저 쪼

그라든 무의 생존과 귀환의 이야기를 들으면서, 나는 어느 깊은 밤 술 한잔하고, 대리운전해서 귀가하던 날에 보았던 도로를 가로지르는 고양이의 모습, 헤드라이트 빛에 깜짝 놀라 돌아보는 고양이의 눈빛이 생각났다.

저 무가 제 명대로 살 수는 없을 것이다. 나는 그저 사진을 찍고 싶어졌다. 화분을 들고 거실로 들어왔다. 그냥 찍기가 밋밋하여 아침밥을 다 먹고, 행주로 닦은 상을 화분 뒤에 세워놓고 사진을 몇 장 찍었다. 나무색을 배경으로 기념사진을 찍은 무꽃은 아름다웠다.

낡은 껍질

어느 날 아침, 아끼던 다완茶碗이 손에서 미끄러져 허공으로 내려간다. 나를 떠난 찻사발은 중력을 이기지 못하고 퍽 하고 깨지면서 산산조각 흩어졌다. '아이고 아까워라!' 왜 하필 그날 아침 그것을 만지작거렸는지 후회막심이다. 구한말 아무개 장인의 작품으로 꽤 값나가는 물건인데, 순간 현기증이 나고 어지럽다. 박물관의 토기처럼 행여 붙여볼까 하고, 조각들을 신문지에 싸서 한쪽에 두고 나왔다. 시간을 몇 초 되돌릴 수만 있다면……, 생각할수록 아깝고 애가 타고 그러더니 화가 난다. 처음엔 상처가 괴롭히지만, 나중엔 그 기억이 나를 괴롭힌다.

도법 스님에게 다완 얘기를 했더니, "거, 잘 깨져 버렸네" 하고 즉답이 온다.

"스님, 불난 집에 부채질 참 세게 하십니다." 했더니, "그

64

런 것을 구각舊殼이라고 허는 거여. 낡은 껍질이 툭 하고 깨져 나갔으니 잘된 일이 아니고 뭐여" 그러신다.

구각이라? 내가 그것을 쳐다보고, 만져보고, 닦고, 아끼고, 그런 것이 낡은 껍질인가? 남의 것이 깨졌다면 모를까, 내 것이 깨졌는데 마음이 거기까지 안 간다.

"그렇게 깨질 줄 알았으면 팔아 버리든지, 남을 주든지 그럴 걸 그랬어요" 하니, "미련이 많네" 그러신다.

깨지고 나서야 나는 그 물건을 놓았고, 그 물건은 나에게서 벗어났다. 내가 아끼는 것을 남에게 주는 것이 자비심인데 깨지기 전에 그 마음이 생겨야 자비심이지, 깨진 뒤에 생기는 것은 미망이라 쓸 데가 없다. 후회가 쓸모 있는 것이 되려면 앞으로는 깨지기 전에 줘야 한다.

인삼장사를 해서 거상이 된 임상옥이 하루는 볕 잘 드는 토방에 앉아 있었는데, 솔개 한 마리가 날아오더니 갑자기 마당에 있던 닭을 낚아채 가는 것이 아닌가. 그것을 보고 임상옥은 그날로 장사를 접었다. 하찮은 것이나 이유 없는 손실, 그것을 운이 다한 쇠락의 조짐으로 본 것이다. 임상옥은 총수 자리를 물려주고 유유자적하며 여생을 보냈다. '상도'의 이 대목이 인상 깊다.

늘 내 것인 것은 없다. 잠깐 내 것이다. 다완은 구각이고, 깨진 것은 잘된 일이라 하니 그런 줄 알아야지 어쩌겠나. 앞으로는 깨지기 전에 얼른 줘버려야겠다고 깨달았다. 그런데 나는 다완이 하나밖에 없다. 그러니까 깨달은 것을 실천할 길이 없다. 누가 다완을 선물로 주면, 그때 자비의 길이 열릴 것이다.

훈수

언어는 천하의 공기公器이나 너무 이것에만 얽매어서는 안 된다. 인의仁義는 옛날 성왕들이 묵던 주막이니 하룻밤쯤 자는 것은 몰라도 오래도록 거기에 묵으려 들어서는 안 된다. 길게 묵노라면 여러 사람의 눈에 띄어 비난이 돌아올 것이다. 옛날에 지인至人들은 인仁을 방편으로 빌리고, 하룻밤을 의義에서 자고 간 것뿐이다. 인의와 명예 같은 것이 어차피 대단할 것일 수는 없지 않은가. 물이 마르자 고기들이 육지에 모여 서로 습한 숨을 불어 물거품으로 적셔 주는 광경은 기특하다면 기특하다 할 것이다. 그러나 그런 잔재주를 부리는 것이 어찌 망망한 강이나 호수에서 서로 존재를 잊은 채 유유히 노니는 것만 하겠는가.

동양철학 사상의 극적인 장면이라 할 노자와 공자의 만남. 예를 물으러 온 공자에게 노자가 훈수를 두는 대목이다. 노자라는 인물은 생몰生沒 연대를 모르고 실존 여부도 논란이라, 어디까지가 사실이고 가필이고, 픽션인지 알 수 없으나, 사마천의 『사기』에 뿌리를 둔 것만은 틀림없다. 공자는 노자를 만나고 돌아와서 사흘간 말이 없더니, "나는 새가 잘 난다는 것을 알고, 물고기는 헤엄을 잘 친다는 것을 알며, 짐승은 잘 달린다는 것을 안다. 달리는 짐승은 그물을 쳐서 잡을 수 있고, 헤엄치는 물고기는 낚시를 드리워 낚을 수 있고, 나는 새는 화살을 쏘아 잡을 수 있다. 그러나 용이 어떻게 바람과 구름을 타고 하늘로 올라갔는지, 나는 알 수 없다. 노자를 만났는데 그는 마치 용 같은 존재였다"라고 했다고 한다.

　　어질고 의롭고 그런 것이 가뭄에 물고기가 서로 물을 적셔 주듯이 기특한 일이기는 하나 잔재주에 불과하며, '인의'는 주막 같은 것이라 하루 이틀 머물다 떠나는 것이지 거기 눌러살려고 해서는 안 된다. 과연 대단한 사유다. '인생은 다리이니, 지나는 가되 그 위에 집 짓지는 말라'고 했던 유대 랍비의 말이 겹쳐진다. 본래 뭔가가 있었던 것은 아니고 '인의'라는 것도, 추한 것이 있어야 아름다운 것이 있듯이, 불인不仁과 불의不義가 뒤를 받치고 있는 관념에 불과한 것이 아닌가. 다리는 건너가는 것이지 그 위에 집을 지었다가는 언젠가는 무너지고 말 것이니, 그렇게 두루 통通한 것으로 읽힌다.

공자는 함爲으로 이루고, 노자는 하지 않음無爲으로 이룬다. 둘은 함爲과 하지 않음無爲에서 다른 듯하지만, 긴 시간 끝에 이르러 같아진다. 공자는 계곡과 비탈을 걸어 다니고, 노자는 봉우리에서 봉우리로 날아다닌다. 전에는 공자가 좋더니, 무릎이 아픈 뒤로는 노자가 좋다.

늦가을

나의 외양이 평범하여 딱히 내놓을 것은 없는바, 그렇다고 그리 못 볼 정도는 아니라 다소 진득한 면이 있다 할 것이고, 자왈 사십 이후 면모에 대한 자기 책임에 있어서 그리 곤궁한 처지는 아니라고 자부하던 차, 탈모는 조부의 내림으로 다소 진행되었다. 그것은 불가피한 일이었다. 매일 그것들은 하릴없이 사라졌고, 풍風과 양陽으로부터 방풍과 차양의 손실이 남다르다 할 것이다. 가림막이 성긴 것은 보온을 넘어 외양에 있어서도 실제 나이를 넘어 보는 경우가 많았다.

이를테면 늦둥이 여식의 구몬 선생이 집을 나서면서 공손히 인사하는 끝에 '할아버님' 하고 가는 경우도 있었고, 어느 술집에서 내 종형뻘인 1957년생의 어느 청년이 두 손을 모으고, 그 손에 맥주를 한 병 들고 말하기를 "저는 닭띠입니다. 형님, 인생을 살아가면서 새길 뭔가 좋은 얘기를 한 말씀 해주십시오" 하여 참으로 난 감했던 일도 많았다. 하루는 기원에서 바둑을 두다 나오면서 기료 5,000원을 냈더니, 2,000원을 거슬러 주는 것이다. 카운터 뒷벽 알림판에 '일반 5,000원, 경로 3,000원'이라 쓰여 있었다. 나는 2,000원을 되돌려주면서, "오늘은 처음이니, 다음부터 그렇게 받으시오." 하고는 모자를 고쳐 쓰고 나왔다.

근자 '페이스북'에서 어떤 사람이 올린 사진 중에 나라고 판단되는 얼굴 사진을 안내해주는 상냥한 기능이 있었던 모양이다. 그래 내 핸드폰에 뜬 사진이 두 장이다. 하나는 며칠 전 좋아하는 친구들과 인사동에서 술을 한잔 마시고 있는 풍경인데, 그날 동석한 자가 올린 것을 페이스북이 용케도 찾아 주었다. 그런데 다음 사진은 무엇인가! 나와 동일인(추정)이라고 하얀 네모 칸에 나온 사람이 있었는데, 그분 뒤의 플래카드에 '이 아무개 선생님 미수연米壽'이라고 쓰여 있다. 미는 쌀이다. 들에 나락이 패고 익어가는 그것이 종자에서 모가 되고, 벼가 되고, 나락이 되고, 탈곡하여 쌀이 되기까지, 농부의 손이 여든여덟米 번 간다고 하여 미수米壽 아닌가!

각설하고, 생존해 계셨으면 내 아버지보다 더 고령인

71

이 아무개 선생님이 보다 오래 사시기를 빌고, 또 이런 인연이 어디에 있을까 싶기도 하다. 나는 술집을 나와 뒷짐을 지고, 하늘을 쳐다보며 팔자걸음을 걸으며, 구한 말에 갓 쓰고 도포를 들썩이면서 긴 곰방대나 탕탕거리고 걸으면 좋을 길을, 느릿느릿 걸어간다. 내 인생은 늦가을로 들어간다.

만원

광주 내려가려고 서울역이다. 흡연실 쪽 계단을 올라가는데, 중늙은이 엎드려 구걸하고 있다.

그 앞에 만 원짜리 한 장이 눈에 띈다. 지갑에서 쑥 나온 돈이 아니다. 두 번 접히고 끝이 말아 올려져, 주머니 속에서 돈을 좀 만지작거렸을 것이라는 생각이 든다. 그 옆에 천 원짜리 딱 한 장 있다.

누가 많이도 냈네. 그런 와중인데, 갑자기 걸인이 반쯤 일어서더니 내 앞에 몇 걸음 앞서가는 이를 부른다. 군인이다. 뒤를 돌아보더니 되돌아온다. 걸인이 난데없이 큰절을 두 번 올린다. 군인도 황망결에 맞절한다. 내 일은 아니지만, 허 참 길거리 계단에서 이런 낭패가 있나. 둘이 절과 악수를 나누는데, 나는 제1의 관객이 됐다.

군인은 헤어지고 계단을 올라가더니 예상대로 흡연실로 들어갔다. 안경 큰 것을 쓰고, 선해 보인다. 병장이다.

귀대 길인 모양이다. 내가 군인이었던 때가 엊그제 같은데, 내 자식뻘이다.

저것이 적선이다. 우리가 어느 담장 밑을 걸어갈 때 4층 창문에서 예기치 않게 화분 같은 것이 떨어지더라도, 재수 없이 맞을 수도 있고 비껴갈 수도 있지만, 저런 적선의 힘이 돌을 맞지 않게 해주는 것이라고 나는 굳게 믿는다.

보수

나는 담배를 피우면서 왜 늙은 사람들이 보수정당을 지지하는 것이 변하지 않을까 궁금했다. 지금 50대의 사람들이 20년 전에는 30대였을 것이다. 그러니까 20년 전 내가 30대일 때도 50대 이후 늙은 사람들은 보수정당을 지지했다. 20년이 지난 지금도 비슷하다. 그것은 보수정당을 지지하는 특별한 층이 있는 것이 아니라 많은 사람이 세월이 흐르고, 나이가 들면서 그쪽으로 옮겨 간다는 것을 보여 준다.

나는 진보적인 편이라고 생각해 왔다. 진보란 들썩거리는 것이다. 더 나아질 것이란 끈을 놓아 버리지 않고 앞으로 조금이라도 가는 것이다. 그런데 나이가 들면 움직이기가 싫다. 등산도 더 헉헉거리고, 그러면서 담배를 끊지 않는다. 알코올의 아세트알데히드가 분해되는 속도가 더 느려지면서 술 마신 이튿날 오전이 안개처럼 흐릿한데도 나는 하룻밤, 작년과 같은 양의 술을 마신다. 비슷한 사람들과 비슷한 메뉴로 점심을 먹고 인사를 하는 사람보다 인사를 받는 사람이 많아지고.

추운 겨울 아침에 따뜻한 구들에서 빠져나오기 싫고, 마당의 눈은 누군가가 쓸겠지 하고 게으름 속으로 숨어버리는 시간들. 20년 전에 내가 들썩거리면서 움직였던, 지금의 30대가 진행하는 방향과 속도에서 서서히 멀어지고 있다. 나는 담배를 피우면서 아! 내가 '보수'가 되어 가고 있구나 하고, 퍼뜩 깨달았다.

오디오

큰 방 베란다에 비닐을 씌워 둔 박스 위에 먼지가 가득하다. 그 속에 들어 있는 것에 마음이 늘 들락날락했다. 고장 난 낡은 오디오. '저걸 고쳐야 하는데, 아, 그 무거운 걸 들고 또 세운상가까지 가야 하나? 몇 번을 왕복해야 하나?' 음악을 듣는 것은 한없이 기쁜 일이지만, 그 진공관에 불이 들어와 소리를 내기까지 들어가는 공력도 만만치 않다. 차일피일 미룬 것이 벌써 5년이다. 내가 서울에서 광주로 떠날 무렵이다.

수유리 4·19 묘지 근처에 단골로 다니는 카페가 하나 있다. 시내에서 한잔 하고 집으로 그냥 가기가 심심할 때, 그러니까 저녁 9시 무렵이면 5퍼센트 부족한 것이다. 거기서 2차로 맥주 작은 병 두 개에 북어 쪼가리를 안주 삼으면 딱 맞다. 시내버스가 정해진 코스로 가듯이 나도 그렇게 많이 간다. 주인 인심도 후하고 전자

피아노로 연주도 하니 금상첨화다. 나는 늘 그 집의 긴 테이블에 앉는다. 진공관 앰프의 불빛이 눈앞에서 반짝거리는 자리다. 그 진공관 소리는 소리에 불을 땐 것처럼 얼마나 따뜻하였던가. 내가 불쑥 "저 진공관은 고장 안 나요?" 하고 물었다가 거기서 들었다. 근처에 오디오를 수리하는 늙은 기술자 한 사람이 살고 있다는 것을.

4·19 민주 묘지를 못 가서 국립재활원 방향으로 꺾어 가다가 첫 신호등에서 우측 언덕으로 올라오라고 했다. 일단 전화를 걸어 놓고 박스를 펼치는데, 애틋한 마음이 인다. 코플란드 진공 앰프, 스웨덴 것. 30킬로그램도 넘을 것이다. 스피커, 하베스 영국 것. 캠브릿지 CDP, 낡은 라디오. 저것을 중고로 처음 장만했던 때가 노무현 정부 무렵인데 얼마나 기쁘고 좋았던지, 베토벤의 음악을 들으려고 술도 안 먹고 집에 일찍 들어가기도 했다. 중고 CD 사려고 청계천 8가를 헤매던 시간은 얼마던고. 저 오디오를 장만하여 볼륨 높여 놓고 듣던, 그 푸르렀던 시간들은 다 어디로 가 버렸을까?

스피커는 놔두고 앰프와 CDP, 라디오를 들고 오라고 한다. 비탈에 있는 간판도 없는 작은 가게다. 유리창에 보일 듯 말 듯 '오디오 수리, 고운 소리'라고 쓰여 있다. 옛날 것들이 많다. 스피커 나무박스, 전면을 감싸는

78

낡은 천들은 그 집이 얼마나 오래되었는지를 말해 준다. 그 집 주인은 공고를 나온 1940년생, 그러니까 80대다. 10여 년 선배로 봤는데 숙부뻘이라니! 그 자리에서 오디오 수리업을 한 지 50년 됐다고 한다. 말이 느리고, 사람에게 믿음을 주는 힘이 있다. 놓고 가라고 하더니 이틀날 다시 오란다.

앰프 수리 견적이 40만 원이다. 거기 있던 앰프로 음악을 들려주는데 소리가 좋다. 커피도 매장에서 마시면 더 맛있는 것처럼. '다이나코 ST70' 이걸로 바꾸라고 한다. 내 앰프가 고장도 잘나고 칙칙 거려 내심 바꾸고 싶었던 참이다. 다이나코도 중저가지만 그래도 '명기' 축에 드는 물건이다. 상당액을 얹어 물물교환했다. 이럴 때의 기분을 아는 사람은 안다. 한 가닥 사랑처럼 소리가 몸으로 스미는 것. 드디어 CD가 돌고 소리가 난다. 내가 좋아하는 바흐의 건반, 프랑스 모음곡. 아, 그런데 뭔가 이상하다. 스피커에 귀를 갖다 대보니 좌측이 먹통인 것이다. 아뿔싸! 스피커 들고 오라고 한다. 네 번째 방문이다. 저음부 코일이 탔다. 고음부도 수리 필요. 13만 원에 이틀 소요. 수리가 끝났다고 해서 찾아가 들어보니 소리가 좋다. 집에 돌아와 다시 음악을 건다. 베토벤 〈9번 4악장〉, 묵직하니 괜찮다. 말러 〈5번 4악장〉,

〈9번 아다지오〉, 소리가 흐느끼듯이 이어지고, 섬세한 부분까지 잘 들린다. 내가 좋아하는 바흐 건반, 〈파르티타〉(BWV825)를 올렸더니, 잔잔한 슬픔이 깊고 오래 배어나온다. 이 정도면 좋다.

이제 외로운 시간들을 견딜 수 있게 될 것이다. 상처받지 않은 원래의 상태로 돌아가는 것, 긴 공백 후에 복원한다는 것이 이토록 힘들다. 나는 5년 만에 귀경했다. 낡은 오디오를 수리하는 일은 혼자 있어도 외롭지 않을 시간을 준비하는 그런 일과 비슷하지 않을까 싶다.

앙리 마티스

"자네 혹시 이브 생 로랑이라고 아나? 아니 재단사가 아니라, 이 경우에는 디자이너라고 한다네. 그 양반이 갖고 있던 예술품이 어마어마했지. 그가 죽고 소장품들이 경매에 부쳐졌는데, 무려 6,000억 원 어치였다더군. 싹 팔아서 에이즈 재단에 기부했지. 그중에 가장 비싼 것이 하나 있었다네."

그것은 마티스의 그림이었다. 〈노란 앵초, 푸른색과 분홍색의 테이블보〉라는 그림, 무려 700억 원에 팔렸다.

"맞아, 그게 무슨 그림인가? 유가증권이지. 유대인들이 말이야, 전쟁 통에 피란 갈 때 다른 건 안 챙긴다더군. 액자에서 칼로 그림을 오려내 돌돌 말아 그것만 가져간대. 전쟁이 끝나면 그림을 팔아 다시 상류사회로 복귀한다더군. 그래서 자기네들끼리 계속 값을 올린다는 거야. 기가 막히지 않나? 내가 얘기할 것은 그 마티스에 관한 것이라네."

　1970년대 중반 나는 스님처럼 머리를 깎고 광주의 중
학교에 입학했다. 첫 미술 시간, 미술 교사는 미술 교생
과 동향이었다. 교사는 그 시간 이후 코빼기도 비치지
않았고 교생이 수업을 전담했다. 교생은 거의 가르치지
않고 빈둥거리며 시간을 때웠다. 그러나 꼭 한 가지는
했다.

　"전부 미술책 1페이지 펴봐! 그림 나오지. 이것이 〈숲〉
이라는 그림이다. 잘 그렸지?"

　그 검정 교과서 첫 장에는 마티스의 〈숲〉이라는 그림
이 있었다. 온통 초록색이었던 것으로 기억한다. 그 그
림 밑에 깨알 같은 글씨로 적혀 있는 것을 그는 칠판에
썼다.

　〈숲〉, 마티스(1869~1954), 야수파, 강렬한 원색의 터치

　"따라 해! 〈숲〉, 마티스, 일팔육구일구오사, 야수파, 강
렬한 원색의 터치."

　우리는 따라했다.

　"〈숲〉, 마티스, 일팔육구일구오사, 야수파, 강렬한 원색
의 터치."

교생이 말씀하시기를 "자동", 그 다섯 가지를 반복해서 소리 높여 외우라는 것이다.

"〈숲〉, 마티스, 일팔육구일구오사, 야수파, 강렬한 원색의 터치."

45분의 수업 동안 우리는 목이 터져라, 그것을 외웠다.

다음 미술 시간. 출석을 부른 교생이 이르기를, "뭐하고 있어! 〈숲〉, 마티스, 일팔육구일구오사, 야수파, 강렬한 원색의 터치, 시작."

우리는 또 따라 했다.

"〈숲〉, 마티스, 일팔육구일구오사, 야수파, 강렬한 원색의 터치."

10분쯤 지났을 때 교생 왈, "아! 잠깐, 너희 지겹지?"

우리는 소리쳐서 대답했다. "네!"

교생은 "나중에 크면 중학교 미술 시간에 뭐 배웠는지 하나도 모른다. 그때 존경하는 교생 선생님이 이것 하나는 가르쳐 주셨구나, 그렇게 감사할 때가 올 거다. 시작."

우리는 다시 읊조렸다.

"〈숲〉, 마티스, 일팔육구일구오사, 야수파, 강렬한 원색의 터치."

그해 봄, 교생이 실습을 마치고 사범대학으로 돌아갈

때까지, 일주일에 한 번씩 지겹도록 그것을 외워야 했다. 그때 교육이란 것이 그랬다. 미술도 암기 과목이었으니까. 그러나 거기에는 앙리 마티스라는 화가, 그의 작품, 생몰 연대, 미술사조, 그 특징이 다 들어 있다. 나는 40여 년이 지난 지금도 눈 감고 다섯 가지를 외운다. 명민하던 중학생 시절이었으니.

그로부터 20여 년이 흘렀을 즈음, 광주 어느 기관의 이른바 해외 시찰에 끼어 프랑스에 다녀올 기회가 생겼다. 우리 일행 20여 명은 파리 루브르 박물관과 미술관을 둘러보게 됐다. 가이드는 서양미술사를 전공하고 어려운 시험을 통과하여 가이드 자격증을 따냈다고 했다. 우리 눈앞에 펼쳐진 예술 세계를 그녀는 거침없이 설명했다. 자기의 지식을 마음껏 뽐내기 시작했고, 우리는 그 해박함에 감탄했다. 그때 내 귀에 "이 그림은 마티스……."라는 말이 꽂혔다.

아! 마티스, 얼마 만에 듣는 지겨운 이름인가! 마티스는 교생의 얼굴과 클로즈업되기 시작했다. 나는 나도 모르게 말이 나왔다.

"아! 마티스! 〈숲〉이라는 그림이 있지요." 가이드는 고개를 끄덕였다.

나는 정신을 차리고, "야수파 맞죠?"라고 물었다.

그녀는 "맞습니다. 오, 잘 아시네요." 그러면서 약간 놀라기 시작했다. 내 입이 더 나간다. "야수파의 특징이 강렬한 원색의 터치인데……." 거기에 각색까지 더 했으니, "이 그림은 야수파의 특징이 참 잘 나타나 있네."

그녀는 눈이 빠질 것처럼 놀라더니 벌어진 입을 다물지 못했다. 동행했던 사람들까지 깜짝 놀란 얼굴로 나를 쳐다보기 시작했다.

그러나 그녀는 계속 일을 해야 했으므로 "19세기 중반……." 하면서 마티스에 대한 설명을 이어나갔다. 아! 거기서 멈췄어야 했는데, 나는 마지막 남은 생몰 연대를 밝히고 말았다. "그렇죠. 세계 미술사의 거장인 마티스는 1869년에 태어나서 한국전쟁이 끝날 즈음인 1954년에 안타깝게도 숨을 거두고 말았죠."

그녀는 생몰 연대가 나오자 거기서 포기했다. "제가 루브르 미술관 가이드를 5년째 하고 있습니다만, 이렇게 '화가의 생애와 사상'에 대해 정확하고 해박하게 알고 계신 분은 처음 뵙습니다." 그녀는 정색하고 말을 이었다. "부끄럽네요. 더 깊이 공부해야겠다는 생각이 듭니다. 죄송하지만, 다음 그림부터는 선생님께서 직접 설명을 좀 해주시죠. 진심으로 부탁드립니다."

아뿔싸! 모든 눈길이 나를 향했다. 어게 웬 청천벽력

인가! 교생은 마티스, 딱 한 페이지를 가르친 뒤 대학으로 복귀했는데. 나는 얼굴이 화끈거리고 속으로 얼마나 후회했는지 모른다. 순간 침묵.

나는 재빨리 염화시중의 미소를 회복하며 여우처럼 말했다. "허허! 저는 야수파처럼 취향에 맞는 몇몇 화가 밖에는 잘 모릅니다. 오히려 가이드님의 해박함에 놀랐습니다. 더구나 제가 당신의 밥그릇을 뺏으면 되겠습니까? 어서 계속하시죠."

다행스럽게도 그녀는 "그러면 일정상 제가 마저 설명 드리죠, 그래도 되겠습니까." 한다. 그렇게 넘어갔다. 아찔했다. 나는 대열의 맨 뒤로 빠졌다. 내 머릿속은 하얗게 변해 버렸으므로, 다음 그림이 무엇인지 하나도 기억나지 않는다. 다만 그녀의 눈빛, 다음 작품을 설명하면서 사이사이 내 동의를 구하는 그녀의 예의 바른 눈인사, 그것만 또렷이 기억할 뿐이다.

"자네, 야수파가 뭔지 아나? 파리를 다녀와서 내가 만일에 대비해 약간 알아 둔 것이 바로 야수파일세. 야수파, 즉 포비즘은 인상파에 대한 반발이라네. 인상파는 색채에 관한 진실을 추구했다더군. 빛이 말이야, 아침과 낮과 저녁이 다르지. 사진을 찍어보면 밝기가 달라. 변화하는 빛을 좇는 그림을 그린 거지. 모네의 〈수련〉이라고 알지? 같은 장소에서 계속 다른 그림을 250개인가를 그렸다지 아마. 바흐의 〈골드베르크 변주곡〉처럼. 모네의 〈수련〉 작품 하나가 약 834억 원에 팔렸다더군."

"……."

"맞아. 기절초풍할 노릇이지. 하지만 너무 민감해하지 말게나, 어차피 막걸리 먹는 우리와는 무관한 돈이니까. 야수파는 보이는 대로 그리지 않고 느끼는 대로 그렸지. 장미는 꽃이지만, 어떨 때는 유혹이지 않던가? 그러니까 그림이 얼마나 꽃에 가깝냐보다 얼마나 매혹적이냐가 더 중요한 거지. 고도의 간략화, 추상화! 이해하지? 강렬한 원색의 터치! 하나의 강렬한 색을 사용하여 붓 가는 대로 그려 버린 거야. 내면에서 울려 나오는 원시적 생명력 같은 것, 물감을 캔버스에 범람시켜 버렸다더군. 범람! 그래서 당시 화단을 주름잡던 기득권에게 '쟤들은 무식한 것들이야, 기초도 모르고, 동물 같은 것들!'이라는 말을 들었고, 그래서 야수파野獸派라는 이름을 얻었다더군. 하지만 20세기 미술은 진정 야수파가 힘차게 열었다더군. 추상의 신천지를 개척한 거지. 하하하."

나는 파리를 다녀오면서 큰 깨달음을 얻었다.

그것은 화가나 미술 전공학자도 생몰 연대는 잘 모른다는 점이다. 생몰 연대를 읊으면 상대는 꺾이기 시작한다. 생몰 연대를 굳이 두 개를 외울 필요는 없다. 생몰 연대를 외운다는 자체가, 상대방으로 하여금 단 하나만 외우고 있으리라는 생각을 도저히 할 수 없게 만들기 때문이다. 또 하나는 그 미술 화제를 길게 끌면 절대 안 된다는 점이다. 이건 급소를 일격에 가격하며 KO를 이끌어내는 전법이지, 판정으로 가면 백전백패다. 생몰 연대는 그 마지막 한방에 써야 하는 것이다.

"나는 왜 교생이 그렇게 몰상식하게 미술을 암기시켰는지 일거에 깨달았지. 그 교습 방법 자체가 강렬하지 않나? 마치 야수처럼 말이야. 급기야 그 교생에게 존경심까지 일었다네. 자넨 모를 거야. 내가 그날, 호텔에서 빠져나와 센강변을 걸으면서 그 가이드의 표정을 생각하고는 얼마나 웃었는지 모를 거야."

아완 선생의 용맹 정진

그때는 하루하루가 전쟁의 연속이었다. 이른바 '사람 사는 세상을 위한 투쟁'의 와중에서 K국장은 늘 최전선에 섰다. 숱한 언론인과 공직자들이 그의 폭탄에 맞아 쓰러졌으니 우리는 그래서 그를 '아완雅腕 선생'이라 부른다.

전날 치열한 전투를 승리로 이끌었던 아완은 이튿날 그 힘든 몸을 이끌고 정시에 출근했다. 그러나 그는 어제 일을 하나도 기억하지 못하고 있었으므로 나는 테이프를 거꾸로 돌리기 시작했다.

아완이 머리를 긁기 위해 왼팔을 움직였는데, 순간 나는 못 볼 것을 보고 만 것이다. 금빛 손목시계가 채워져 있는 팔목 안쪽 와이셔츠 소매에 가려져 있는 또 하나의 손목시계를. 그는 시계를 두 개 차고 있었던 것이다. 아아, 경지에 들었구나!

내가 물었다. "왜 시계를 두 개나 차고 계시오?"

아완이 자기 손목을 들여다보더니, "허허! 세상에 이런 일이 있나." 하면서 얼른 시계를 하나 푸는 게 아닌가!

일찍 기침하여 샤워하시고, 와이셔츠 입으시고, 가죽 줄 시계 하나 차시고, 넥타이 매시고, 양복 윗도리 입으시고, 금줄 손목시계 하나 더 차시고, 전철에서 왼손 들어 손잡이 잡고 출근하시고, 화장실에서 일 보고 손 씻으시고, 아침 회의하시고, 그리고 두 개를 발견한 시각은 오전 10시 40분경이었다.

나는 주酒도승들의 치열한 정진 과정을 몇 차례 본 적 있다. 전철을 타고 의정부에서 인천까지 오락가락하는 사람, 신발을 바꿔 신거나 양말이 짝짝이인 사람, 하물며 팬티를 안 입고 출근한 사람도 알고 있다. 남의 집 초인종을 누르는 것은 다반사고, 집을 못 찾아 밤새 헤매는 사람, 그렇게 도道에 이르기 위한 지난한 과정들을 안타깝게 지켜보았으나, 시계 두 개는 처음이었다. 누가 돈오頓悟°에 저렇게 가까이 갔었던가?

° 돈오頓悟 : 소승에서 대승에 이르는 얕고 깊은 차례를 거치지 아니하고, 처음부터 바로 대승의 깊고 오묘한 교리를 듣고 단번에 깨달음. 갑자기 깨달은.

무심한 사람들이 이런 순간을 그냥 넘기는 법이다. 시인 이성부는 '야구공이 배트에 맞아 찌그러져 있는 순간', 삶에서 시詩가 되는 순간은 바로 그때라고 했다. 뭔가 남겨야 한다. 작호作號! 궁리 끝에 일단 '아름다운 손목'이 나왔다. 손목은 완腕이다. 완장腕章, 완력腕力하듯, 완을 쓰면 되는데, 그러면 미완美腕인가?

한문 전공자에게 물어보니, 그럴 때는 수려하다의 '려麗'나, 우아하다의 '아雅'를 쓴다는 것이다. 려완 보다는 음운이 아완이 좋다. 시계를 하나 차도 멋있는데, 두 개를 찼으니 얼마나 우아한가! 그렇게 아완雅腕이 탄생했다. 선생은 호를 헌정 받으면서 박수를 치며 좋아했다.

아완의 승리의 비법은 따로 있었으니……, 선생은 퇴근 직후인 6시 30분에 만나 바로 폭탄주를 돌린다. "역시 술은 빈속이 제맛"이라면서 팥소를 가득 채운 '텐텐주' 석 잔을 내리 돌린다. 건배사로 사회의 목탁과 남아의 기개를 운운하니, 술잔을 거부할 수가 없다. 그렇게 기선을 제압한 뒤에 안주가 나오는 즉시 두 잔을 더 돌린다. 눈동자는 풀리고, 혀는 꼬이기 시작한다. 그러고는 팩트가 틀렸느니, 사실은 이렇느니 하면서 속에 있던 말을 뱉는 것이다.

"근데 말이야! 빈속에 부으면 누군들 안 가겠는가? 나는 오후 5시 반쯤 구내식당에 가서 혼자 몰래 국수를 먹었다네! 자네도 몰랐지?" 이 말을 최근에야 들었다. 그 나이에 하루가 멀다 하던 술자리를 어떻게 버텼나 했더니, 그런 초식을 구사하고 있었던 것이다.

그 시절, 우리에게 술은 그리운 그 사람에 대한 자발적 '충忠'이었다.

정종

얼마 전에 평생 한학을 하셨다는 선생과 우연히 점심을 했다. 공무원으로 정년을 한 형님 한 분이 나오라고 해서 함께 했는데, 선생의 호가 녹양이다. 광주 대의동 근처에 작은 서실 겸 학당을 열어 놓고 월요일·화요일 오전에만 후학들을 가르친다. 형은 거기 학생이었다. 나는 선생의 호를 어디선가 들었는데 가물가물했다.

점심 자리에서 인사를 드리고 "혹시 벽천 선생을 아십니까?" 하고 물었더니, 나를 빤히 쳐다보다가 "자네가 아들인가? 그러고 보니 닮았구먼" 하신다. 아버지는 서예를 하셨고 지금 내 나이, 그러니까 30년 전에 떠났다. 두 사람은 나이가 7~8년 차이 나지만, 친구처럼 지냈다고 한다. 선생은 나를 만나서 반갑다고 몇 번이나 말했는지 모른다. 몇 번이나 말했는지 모를 때, 그 말 속의 진심은 더 잘 전달되어 온다. 그는 직업이 없이 서생으

로만 살아서 가난했고, 아버지는 중학교 교편을 잡았으
니 술값은 아버지가 도맡아 냈다고 한다. 꼭 고기 안주
를 곁들여서. 녹양 선생이 방을 얻을 때, 농협에서 빚을
내는데 빚보증도 서줬다고 했다. 그런데 너무 일찍 허망
하게 가셔서……, 옛날 기억들이 새록새록 나시는지 낮
술을 꽤 드셨다. 우리는 꼭 다시 저녁에 만나서 술을 한
잔 나누기로 했다.

내가 고등학교 다닐 즈음이니까, 한 40여 년 전의 일
이다. 겨울이 시작되는 12월 어느 날, 누군가 우리 집에
서 자고 갔다. 나는 일찍 잠이 들었는지 그의 얼굴도 모
르고, 존재 자체를 몰랐다. 이튿날 아침, 그가 우리 집
거실 천 소파에 쏟아 놓고 간 토사물만 보았다. 지난 밤
자정 무렵 아버지는 술 한 잔 드시고 들어오는 길에 집
근처 길바닥에 쓰러져 자고 있던 인사불성의 취객을 얼
어 죽을지 모른다고 집으로 들쳐 메고 온 것이다. 그는
소파에서 누워 자다가 토사물만 쏟아 놓고 새벽에 사라
져 버렸다. 어머니하고 할머니가 잔소리를 해대가며 그
것을 치웠고, 군청색 꽃무늬가 새겨진 소파 방석은 천을
떼어 빨고, 스펀지 방석까지 따로 빨았다. 우리 집은 갈
치구이하고 청국장을 많이 먹었는데, 그 토사물 냄새까

지 섞여 나는 아침을 굶고 스쿨버스에 올라탄 것 같다. 그 혼란스러운 아침을 어떻게 보냈는지. 다시는 그런 사람 데리고 들어오지 말라는 할머니의 꾸지람이 있을 때마다, 아버지는 정종이라도 한 병 사들고 인사를 와야지, 그놈 참 배은망덕한 놈이라고 응수했다.

그러다가 일주일이나 지났을까? 중흥동 집 근처 슈퍼에서 아버지가 이른바 '가맥'을 한잔 드시는데, '배은망덕'한 놈에 관한 얘기가 오갔던 모양이다. 거기서 슈퍼 주인이 깜짝 놀라면서 이런 얘기를 전하더라는 것이다. 며칠 전에 한 서른 살 넘어 보이는 사람이 와서 정종 됫병을 사가지고 갔는데, 한참 뒤에 다시 오더니 아무리 찾아도 못 찾겠다고 하더라는 것이다. 왜 그러냐고 물었더니, 이만저만 해가지고 하루 신세진 집을 찾아가려는데, 이 근처인 것 같은데, 그 집이 어느 집인지 도대체 알 수가 없어서 동네를 몇 바퀴 돌고 다시 왔다고 말하고는 그냥 갔는데, 그 집이 이 선생님 집이었냐고 무릎을 쳤다는 것이다. 이 얘기를 아버지는 어머니와 할머니 앞에서 자랑스럽게 하더라고 나는 전해 들었다.

나 같으면 그 취객을 집으로 데리고 들어갔을까, 그런 생각을 이제야 한다. 112인지, 119인지, 그리 전화나 한 번 하고 말지 않았을까? 내가 그 나이에 도착해보니 그

지저분하고, 소란스러웠던 아침이 다르게 느껴진다. 우리 시대의 덕이나 선이라는 것이, 우리 선대보다 많이 떨어지는구나! 아버지의 인(仁)이 나보다 오밀조밀하다고 할 수도 있을 것이고, 또 시대가 그렇게 변한 측면도 있을 것이다. 선이나 인이, 지금 안 해도 할 때가 따로 있을 것 같지만, 그때 지나고 나면 그만이다. 술 드시고 온 늦은 밤, 무릎 꿇려 놓고 했던 온갖 인생살이의 훈육은 아무것도 기억나지 않는다. 하지만 이제야 그날 아침의 기억이, 나이 들어가는 나를 가르친다.

지하철에서

늦은 시간, 지하철이 적당히 붐빈다. 내 앞에 자리가
났다. 앉으려니, 오른쪽에 앉아 있던 사람이 그 자리로
옮긴다. 내 나이쯤 되어 보이는 중년 남자다. '똑같은 자
리인데 이상하네'하면서 그가 있던 자리에 앉았다. 몇
정거장 가다가 그 사람 옆자리가 다시 비었다. 그러자
그는 다시 그쪽으로 자리를 옮겼다. '허 참, 이상한 사람
이네' 하고 생각하는데, 소곤거리는 소리가 들린다. "메
뚜기 작전에 성공했네." 넌지시 건너다보니, 남자의 머리
에 반쯤 가려진 여자의 입이 웃고 있다.

내가 내릴 때, 둘은 손을 잡고 있었다. 아마 부부일
것이다. 애인이었으면, 남자는 두 자리 떨어진 빈 곳에
앉지 않고 그 여자 앞에 서서 갔을 것이다.

분배

택시에서 내린 중년 여자가 "잠깐만요" 하고 떠나려는 택시를 다시 잡았다. 차창 넘어 자기가 앉았던 자리에서 무언가를 발견한 것이다. 택시는 멈췄고, 기사는 뭘 두고 내렸나 하고 뒤를 돌아봤다. 둘의 눈빛은 뒷자리 노란색 종이에서 부딪쳤다. 그것은 5만 원 지폐였다. 둘은 서로를 응시했다.

기사가 물었다. "손님 돈 아니지요?"

여자는 "깔고 앉은 것이지, 내 돈은 아니다"고 답했다.

그렇다고 기사에게 다 주자니 아깝다. 여자는 "2만 5천 원씩 나누자"고 제안했다.

기사는 고개를 흔들면서 이렇게 말했다. "여기는 내 집이다. 내 집에서 발견했으니, 내가 더 가져야 한다."

여자는 "내가 발견하지 않았으면, 돈은 다음 손님이 가져갔을 것이다. 그러니 내 공도 크다"고 맞섰다.

그래서 기사가 3만 원, 여자가 2만 원을 나눠 갖기로 합의했다. 기사는 지폐를 받아, 2만 원을 내주고 떠났다.

귀갓길에 택시기사에게 들은 얘기다. 저 절묘한 타협과 분배에 대해 나는 무릎을 치며 감탄했다. 여자가 만약 내 돈이라고 했다면 타협은커녕 싸움이 났을 것이므로 여자의 정직은 중요하다. 내 영역이라고 주장하는 기사의 논리도 맛이 있다.

나 같으면 기사님 다 가지시라고 했을 것이다. 하지만 도스토옙스키적으로 말한다면, 약간의 후회와 속으로 좀 아까워하지 않았을까? '다테마에'(겉마음)와 '혼네'(속마음)°가 가벼운 충돌을 빚지 않았을까? 그런 생각도 든다.

삶은 고고하지 않다. '지사적 문제의식과 상인적 현실

° 혼네와 다테마에本音と建前 : 두 가지 단어를 합친 말로 혼네는 '속마음', 다테마에는 '겉마음'을 뜻한다. 개인의 본심과 사회적인 규범에 따른 의견을 나타내는 말이다. 본심과 배려 또는 속마음과 겉마음으로 불린다. 일본인은 자기 의견을 표현할 때 이 둘을 사용하는 것에 익숙하다. 이러한 혼네와 다테마에는 전체의 조화를 위해 개인이 존재한다는 의미인 일본에서는 미덕으로 받아들일 수 있으나, 개인 위주의 삶을 솔직히 살아갈 것을 요구하는 사회에서는 이해하기 어렵기도 하다.

감각'이라고 DJ가 갈파했지만, 삶은 베토벤 작곡에 이미
자 노래 같은 것이 아닐까 생각한다. 그래서 저런 분배
가 훨씬 현실적이고, 삶을 지탱하는 힘이 더 튼실하다
고 보는 것이다.

지혜

어머니 장례식을 마치고 집에서 유품을 정리하다 편지를 한 장을 발견한다. 생전에 빚진 6,000만 원을 갚아 달라는 내용이다. 자식 넷은 황당하다. 이 돈을 어떻게 갚아야 할까? 갑론을박이 벌어진다.

큰딸은 연봉 1억 원을 버는 의사다. '공평하게 1,500만 원씩 나눠 갚자'라고 한다.

막내딸이 반발한다. 남편은 실직 상태이고 본인은 계약직 판매사원으로 소득이 연봉 2,000만 원 수준. '돈 잘 버는 언니 오빠가 더 내야 한다'고 주장한다.

큰아들도 곤란한 얼굴이다. 중소기업 과장으로 혼자 번다. 소득은 연봉 4,000만 원 정도. '애들이 대학을 다녀 돈 쓸 일이 너무 많다'고 하소연하면서 동생을 쳐다본다.

차남은 공무원이다. 부인이 교사고 맞벌이다. 둘 소득

은 연봉 8,000만 원이 넘는다. '애를 유학 보내야 하니 여윳돈이 없다'고 발을 빼려 한다.

연봉을 정리하면 큰딸 1억, 차남 8,000만 원, 장남 4,000만 원, 막내딸 2,000만 원 순이다.

EBS 다큐멘터리, 〈정의와 분배〉에 나온 내용을 간추린 것이다. 빚이 6,000만 원이니 4등분 하여 1,500만 원씩 내자는 큰딸의 말이 얼핏 공정해 보인다. 하지만 기계적 형평이다. 산수로는 맞지만 사람 사는 것이 어디 그런가? 그 돈을 내고 나면 입에 풀칠하기도 어려운 동생도 있다. 상황과 처지가 다르고 사연도 제각각이다.

무엇이 분배의 정의에 맞을까? 이 문제는 아주 쉽다. 답은 '길을 막고 물어보라'는 우리 속담 안에 있다. 제삼자에게 맡기고 당사자는 당사자에서 벗어나면 된다.

다큐멘터리는 존 롤스의 '무지의 베일'로 설명한다. 실험 대상자로 대학생 네 명을 불러 문제를 냈다. 자녀 네 명 중 한 명의 역할을 하나씩 맡지만, 자기가 누군지는 모른다. 그들은 '원초적 입장'에서 논의한다. 해답은 소득이 많은 사람이 많이 내는 것으로 나온다. 장녀-차남-장남-막내딸 순으로, 금액을 달리하여 부담하는 것으로 합의했다. 합의가 정의다. 만일 자기가 누군지 알았다면, 주장은 달랐을 것이고 합의에 도달하지 못했을 수도 있다.

사실 이런 해답의 원초적 저작권은 부처님에게 있다. '무아無我', 고정불변의 실체로서 나는 없다는 어려운 말 말고, 그냥 나를 잊으면 무아다. 나는 내 방에서 도저히 문제를 풀 수 없다. 모두 내 것들로 둘러싸여 있기 때문이다. 그 방에서 나와 무지의 장막이 쳐진 저 방으로 들어가면 문제는 풀린다.

지혜가 학력의 고저, 재산의 과다와는 다른 문제라는 것을 보여 준다. 또 기계적 형평은 부자의 논리라는 점도 알 수 있다. 지식과 재산은 대개 '있음'을 지키려는 쪽으로 작용되어서 보수적으로 흐르는 경향을 낳는다. 지혜는 당사자이면서 당사자를 벗어나는 데에 있다. '나'이면서 '내'가 아닐 때, 즉 '나'를 버릴 때, 지혜가 나온다.

흑인 노예는 해방되어야 하는가? 내가 백인이거나 흑인일 경우 대답은 내가 속한 흑백에 치우치기 쉽다. 하지만 저 북극해에서 막 돌아온 고래에게 물어본다면 답은 자명할 것이다. 세금을 더 내야 하는가? 내가 부자이거나 빈자일 경우 대답은 내가 속한 빈부에 치우칠 것이다. 하지만 지금 녹아내리는 빙산의 일각에 부유하고 있는 북극곰에게 물어본다면 답은 자명할 것이다. 서로 손가락질하고 있는 둘이 무지의 장막 안으로 들어가면 손잡고 나올 수 있다.

'반야'는 지혜다. 지혜는 흔들리지 않는 마음속에 있
다. 산신령이 금도끼와 은도끼와 쇠도끼를 차례로 내 보
였을 때 나는 금도끼를 집고 싶다. 금도끼를 집은 뒤에
재빨리 전관예우 변호사를 선임하면 된다. 금도끼를 선
택했다는 것은 도끼를 도끼로 보지 않고 금덩어리로 봐
서 그렇다. 벌써 마음은 흔들렸다. 금도끼를 집고 싶은데
쇠도끼를 집어서는 금방 들통난다. 갖고 싶은데 안 갖겠
다고 하는 것은 멋져 보이지만, 몇 발자국 못 가 조바심
의 모서리에 걸려 넘어지고 만다. 무심코 손이 나가서
내 것인 쇠도끼를 집어야 한다. 이것은 굉장히 어렵다.
쇠도끼를 집는 유일한 방법은 내 마음이 금도끼 은도끼
를 보기 전으로 돌아가야 한다. 『중용』의 첫머리, '희로
애락이 발하기 이전의 상태'가 그것이다. 『성경』의 '가난
한 마음'이고, 『불경』의 '무아無我'이다. 아예 못 본 것은
쉽다. 그런데 봐 놓고 어찌 못 봤다고 할 수 있을까? 여
기가 번뇌가 흐르는 지점이다. 사는 것이 그런 대목에서
어렵다. 손이 쑥 쇠도끼를 향해 나가는 것은 절륜絶倫의
내공이다. 금도끼 은도끼를 봤으면서 무심코 쇠도끼를
집는 사람에게 행복과 불행이 따로 있겠는가!

'반야'는 단맛이 스민 가을 사과와 같은 것이지만 오랜 북풍한설의 세월을 견딘 뒤에야 열리는 것이다. 백석의 연인이었던 '대원각' 요정 주인 자야子夜가 1,000억 원에 이르는 성북동 땅을 내놓았을 때 그것을 거절했던 딱 한 사람. 아무것도 취하지 않으면서 전체를 취한 법정 스님의 그것이 반야다. 스님은 길상사 관음상 뒤편 단풍나무 가지에 네 개의 판자 조각을 걸어 그 비법을 적어 놓았다.

여기 침묵의 그늘에서 그대를 맑히라.
이 부드러운 바람결에 그대 향기를 실으라.
그대 아름다운 강물로 흐르라.
오, 그대 안 저 불멸의 달을 보라

3장

세월은 뻘뻘뻘뻘 빨리도 기어가네

한 해가 저무는 것에 대하여 텔레비전에서
이런저런 얘기가 오간다.
새해 한 살 더 자시는 팔순 노모 그것을 보더니
한 말씀 날린다.
"하루가 번쩍 가버리고, 일 년도 금방이고,
십 년도 금방이더라."
"세월이 그렇지요."
"칠게 잡아 놓은 대통발이 엎어지면
뚜껑이 열려가지고 게가 쏟아져 나오지 않냐.
그것들이 살려고 뻘 밭을 뻘뻘뻘뻘 빨리도 기어가잖아,
세월이 그런 거 같어."
1년이 365개의 날을 가지고 열리는데 시작하자마자
열린 뚜껑 밖으로 도망치는 칠게처럼,
하루하루가 순식간에 어디론가 사라져버리는 것
같다는 얘기다.
하루하루 뻘뻘뻘뻘, 아무리 쫓아가도 잡을 수가 없다.

여름 저녁

저녁 공양을 마치고 나와도 아직 저녁이 아니다. 여름
해는 바쁠 것 없이 뉘엿뉘엿 지고 있다. 서산 넘어가려
면 아직 반 뼘은 남았다. 사위가 어스름하면서 휘파람
처럼 바람이 지나가고, 사람이 손닿을 거리에 와야 알
아볼 정도로 땅거미가 짙어야 할 저녁인데 여름 저녁은
밤이 다 되어서야 저녁이다. 저녁 공양은 6시. 이어 7시
부터 저녁 예불이다. 절에서 제일 듣기 좋은 것이 바람
에 댓잎 흔들리는 소리고, 그다음이 예불 소리다. 장중
하게 흐르는 저음의 물결, 아직 화음이 발달하기 이전
중세의 통주저음basso continuo 같다. 산사, 경건하게 가라
앉는다. 지난 열흘 사이에 이틀쯤 볕이 나고 내내 장마
가 지던 뒤끝이다. 예불을 마치고 나는 어슬렁어슬렁 경
내를 돌아다니고 있다. 하늘의 구름들, 낮게 뜬 것들부
터 서서히 붉은 물이 든다. 목탑지木塔址에 스님 혼자 앉

아 있어 다가갔다. 목탑지는 실상사 들어오면 오른편에, 말 그대로 목탑이 있던 터다. 기초로 썼을 돌만 오랫동안 남아 있다. 규모로 짐작건대 황룡사 9층 목탑에 버금갈 정도라고 한다. 돌들이 납작하니 의자처럼 앉기 좋고 사이사이 풀들이 무성하다. 지금 살아 있는 초록과 천년의 잿빛이 잘 어울린다. 나는 스님 옆에 앉았다. 여름 저녁 하늘은 점점 더 붉게 물들기 시작했다.

"절이 절 같지?"

"예, 저녁빛이 황홀하네요."

"노을도 좋지만, 이 시간이 되면 사람들이 다 돌아가고 다시 조용하니 절이 절 답지."

"고요하고 아름답습니다."

"저 탑들과 석등, 그 뒤로 하늘색 좀 봐봐, 장마가 끝나서 하늘이 높네."

그때 하늘색은 그야말로 점점 더 짙어졌는데, 구름은 주황 빨강을 넘어 자줏빛으로 물들어가고, 하늘의 파랑은 코발트블루로 바뀌면서 더 검어지고 있었다. 바람도 한 조각, 그러니까 누구와 무슨 이야기를 해도 좋을, 분위기가 아주 농염하게 무르익었다.

"예불 끝나면 주로 여기 앉아 계십니까?"

"그래, 매일 여기 목탑지에서 해 뜨고 해 지는 시간을

111

보내고 있지. 새벽 예불, 저녁 예불 마치고 앉아 있어."

"비 오는 날은요?"

"쓸데없는 소리 말고……, 나는 저녁에 여기 앉아 있는 시간이 제일 좋아. 하루 중에 가장 행복한 시간이야. 저녁이 새벽보다 오래 앉아 있을 수 있어 더 좋지. 그냥 앉아서 하늘이 물드는 것을 물끄러미 보고 있다가 어둑어둑해지면 일어서는데, 가만히 생각해보니까 하루 중에서 가장 행복한 시간이었던 거야. 행복한 시간은 따로 있다고 하겠지만, 그게 아니야. 나한테는 이때가 가장 행복한 시간이었던 것을, 그런 생각을 통 못하다가 어느 순간 깨닫게 된 거지. 지금이 가장 행복한 시간이구나 하고. 그러니까 매일 여기 나와 앉아 있게 됐지."

매일 행복한 것이 무엇일까 하면 퇴근하고 소주 한잔하는 것, 밥 먹고 담배 한 대 깊게 피우는 것. 그리고 아름다운 어떤 것들을 바라볼 때, 사실 많은 것 같아도 헤아려보면 별것이 없다. 스님은 술 담배 안 하시니 소소한 행복이 더 없지 않을까, 혹은 더 많을까 알 수 없다.

"그러니까 행복을 찾아낸 거네요."

"그렇지. 찾아낸 것이기도 하고, 만들어낸 것이기도 하고. 행복이라는 것이 어떤 조건에 딱 맞아야 한다면 행복해지기도 어렵고, 그 조건에 도달하기 전에는 불행

112

한 거 아니겠어."

"행복의 조건들이 그렇죠. 우선 넓은 집, 좋은 차는 기본이고, 억대 연봉에 좋은 대학에, 대개 그렇지요."

"행복에 조건이 있으면 행복해질 수 없어. 사람은 순간순간을 사는 거지. 지금 행복해야지 나중에 행복하면 뭐하나? 행복은 나는 이것을 할 때 행복하구나, 하고 깨닫는 거라."

자줏빛 노을이 탑에 걸리도록 밑에서 하늘을 향해 사진을 찍으려고 일어섰다. 더 있다가는 자주색이 다시 잿빛으로 변해 버려 타이밍을 잃을 것이다. 나는 붉은 빛이 도는 저녁 사진을 찍으면서 지금이 행복한 순간이로구나, 하고 생각했다. 스님은 좀 더 어둠이 짙어질 때까지 목탑지 풀숲 사이로, 여름 저녁을 돌아다니고 있었다.

어머님의 은혜

아침에 팔순 노모와 소찬에 밥을 먹었다. 이를 닦고 출근하려고 바지를 입는데 노모가 급하게 주문을 한다.

"야야, 바지는 앉아서 입어라."

"예? 바지를 앉아서 입다뇨."

그랬더니 며칠 전에 엄니 친구 남편이 한쪽 발을 든 채로 서서 바지를 입다가 그대로 뒤로 넘어져서 머리를 심하게 다치고는 지금 병원에 입원해 있다는 것이다. 참 난감한 주문이고, 나에게는 동떨어진 노인들 이야기여서 걱정하지 마시라고 하고 웃고 나왔다.

일 잘 보고, 술 한 잔 마시고 밤늦게 귀가했다. 그리고 씻으려고 바지를 벗는데 왼쪽 발목에 뭔가가 걸리더니 오른발이 휘청하면서 뒤로 나자빠진 것이 아닌가! 술을 마시면 몸이 유연해지기도 하고, 다행히 이불 더미에 주저앉아 어디 다친 데는 없었으나, 아, 아침에 노모의 그 예언 같은 말씀이 떠올랐다.

그래서 나는 내일부터 양말도 앉아서 신고, 바지도 앉아서 입기로 마음을 굳혔다.

그런 것도 깨달음이라 하지 않겠는가.

쌍가락지

자정 무렵 집에 들어왔을 때 노인은 "오늘 참 기이한 일이 있었다"고 했다. 그것은 장롱 속에서 내가 덮을 만한 요와 이불을 찾던 중에 뭔가를 발견한 일이다. 여름 장롱은 눅눅했고, 퀴퀴한 냄새를 풍겼다. 누군가의 예단들은 보자기에 쌓인 채로 오랜 세월 방치되어 있었다. 그것을 고르고, 말리고, 솜을 타고 하는 일을 노인이 벌인 것이다. 거기에는 외조모가 수복과 부귀와 강녕을 비는 수를 놓아, 노인이 시집을 때 건네준 베개도 있었다. 베개는 각이 졌고 50년도 더 된 것이었는데, 몇 번 버릴까 하다가 이삿짐에 끼워 넣어 둔 것이라고 했다. 베갯잇은 누렇게 변색하여 이참에 빨아 두려고 호창을 뜯었다. 호창 속에는 또 하나의 호창이 있었고, 그것을 뜯으니 봉투가 하나 나왔다. 말라비틀어진 소독약 아닐까 하고 열어 보니 금으로 된 쌍가락지가 들어 있는 것이 아닌가! 노인은 깜짝 놀랐고 오래전에 떠난 어머니를 만난 듯 여러 감회가 들었다고 한다.

"외할머니가 사려 깊은 분이시오. 엄니 시집가서 어려울 때 찾아 쓰라고 넣어 둔 것 아닌가요?"

"나도 그런 줄 알았는데, 내 손가락에 안 맞다."

쌍가락지는 노인 약지에 들어가다 말았고, 내 새끼손가락 둘째 마디에 걸렸다. 지름이 너무 작다. 누구 것일까? 왜 거기 숨겨져 있었을까?

"저런 것이 있었으면 그 어렵게 학교 다닐 때, 팔아서 옷이나 책이라도 사 주었을 것 아니냐? 급할 때 쓰려고 뒀다가 잊어버린 것이 아닌가 싶다."

"그래도 주인이 있을 것 같은데요. 빼빼한 이모 주려고 뒀던 것 아닐까요?"

"아닌 것 같어."

외가가 있던 S시 옥천동 위에는 한천 공장이 있었고 그 근처에 '복희'라는 여자가 살고 있었다. 대놓고 술집을 연 것은 아니고, 누군가 찾아오면 술상을 차려 내놓고, 간혹 몸도 파는 여자였다고 한다. 노인은 쌍가락지 주인으로 그 여자를 꼽았다. 복희 씨가 남자에게서 받은 패물이나 물건들을 가끔 외조모에게 가져와 돈으로 바꿔가곤 했다는 것이다. 그 여자의 몸매는 가냘팠고,

자식도 없이 홀로 궁기나 면하고 사는 처지였다. 가락지가 반질반질하지 않고 꽃무늬가 새겨져 있는 것으로 보아 구한말 이전의 것은 아니고 60년대쯤 어느 남자에게 받은 정표 같은 것이 아닐까 하는 것이 노인의 추측이다.

노인과 나는 과거 여행에서 돌아와 저 쌍가락지의 가격과 처분에 대해 간략히 의논했다. 나는 매각을 주장했다. 금은 국제대회 규격 수영장의 약 다섯 개 분량이전 세계적 총량인바, 사랑의 징표로서 혹은 부의 축적으로서 기능하다가, 그것이 소멸하면 열을 가해 액체인 상태로 환원되고, 다시 모양을 변화시킨 뒤에 어느 인연을 만나야 하는 것이 그의 운명 아니겠는가, 하는 주장이다. 노인은 좀 더 두고 생각해 보자고 했다. 누구의 것인가 확실하지도 않고 그 쌍가락지가 가끔 옛날 생각, 자신의 처녀 시절이나 돌아가신 어머니를 떠오르게 할수도 있고, 그래서 다시 베개 속에 넣어 두려고 했는지도 모르겠다.

가락지를 쌍으로 하는 것은 이성지합二姓之合과 부부일신夫婦一身의 표식이었고, 기혼녀 용도였으며 미혼녀는한 짝만 끼었다고 한다. 그러니까 만일 그 쌍가락지가복희 씨의 것이었더라도 그녀가 그것을 끼고 다닐 수는 없었을 것이다. 낮에는 처녀의 몸으로 살고 밤에는 아낙의 몸으로 살아야 했으니.

어느 여름날 한 여인의 생을 허락도 없이 들여다보고는 조심스럽게 닫아 둔다. 복희 씨는 지금 살아 있으면 아흔이 넘었을 것이라고 한다.

무하유지향

하루는 도서관에 들러 밀린 원고를 좀 쓰고, 뒷산으로 이어진 좁은 길을 어슬렁어슬렁 돌아다니다가 울타리처럼 둘러쳐진 전나무 숲 사이로 개구멍 같은 틈이 있어 들어가 보았다. 작은 집이 있다. 지붕은 얇은 시멘트 기와에 부엌 하나, 방 두 칸짜리 낡은 집이다. 개가 두 마리 있는데 얼룩이 한 마리는 순하고, 다른 한 마리는 사나워 가까이 가면 짖는다. 개만 짖고 사람은 기척이 없다. 집하고 붙어 스무 평쯤 돼 보이는 마당이 있고 그 가운데 봉긋한 흙무더기가 무덤인 듯싶다.

그 작은 마당에 없는 것이 없다. 흙은 황토라 좋다. 땅을 한 평도 안 되게, 꼭 손바닥만 하게 사람 다닐 소로를 내고 이리저리 갈라서 별것을 다 심어 놓았다. 입구 쪽에 들깻잎을 시작으로, 상추, 방풍나물, 머윗대, 케일, 토란, 양파, 대파, 쪽파를 다 가늠지어 심어 놓았다.

그 사이사이에 옥수수도 심고, 호박, 고추, 오이, 가지, 이런 것들은 고무 다라이 안에다 키운다. 울타리 쪽으로는 감나무 세 그루, 밤나무 두 그루, 석류나무, 무화과, 대추나무가 한 그루씩 심어져 있다. 내가 남의 집을 허락도 없이 돌아다니면서 사진도 찍고 그런 것은 저 작은 마당이 마치 농장처럼 별의별 것이 다 심어져 있어 신기하기도 하고, 또 진짜 감탄했던 것은 그 오밀조밀하고 아기자기한 규모였다. 어찌 저리 소꿉놀이하듯 솥뚜껑만 한 밭들을 일궜을까? 심어진 소채류 양으로 보아 많아야 두세 식구 먹을 것쯤 돼 보인다.

불쑥 들어온 할매, "무다라 이런 것을 찍소?"

"아, 안녕하세요. 마당이 좋아 보여서요. 이것저것 많이도 심어 놓으셨네요."

"다 필요항께 심어놨제. 우리 두 식구 묵고 남어. 장에 갈 일이 없어."

"저것은 뭡니까?"

"방풍나물이제."

"이거는요?"

"그거는 머굿대(머윗대)."

"저거는 뭐래요?"

"그거는 무덤 아니요. 근디 누구 무덤인지는 몰라. 전

121

부터 있었는디, 내가 명절 때 술 한 잔은 따라 주제."

영감 밥 해줘야 한다면서 들어가신다. 유기물은 '나누거나 썩거나' 둘 중 하나라더니, 어찌 버릴 것 하나 없이 밭에 딱 2인분을 심었을꼬. 저 밭은 열 평 남짓 주말농장 같은, 소출이 나와도 그만, 안 나와도 그만인 연습용 텃밭이 아니고, 세상을 오래 살고 누대로 땅을 일군 사람들이 딱 필요한 만큼만 척 보고, 2인분을 가늠할 수 있는 프로들의 자급자족용 밭이었던 것이다. 밭이 널린 마당은 가지런하고 정갈했다. 내가 개구멍으로 막 들어갔을 때 무릎을 치고 감탄했으니, '여기가 정녕 장자의 무하유지향無何有之鄉°이로구나' 하는 것이었다.

° 사람이 손대지 아니한 자연 그대로의 세계. 곧 세상의 번거로움이 없는 허무자연虛無自然의 낙토樂土로, 『장자』의 「소요유편逍遙遊篇」에 나오는 말이다.

고생한 나무

민옹은 차의 달인이다. 장대가 그 소문을 듣고 찾아
가니 민옹이 차를 한잔 대접한다.

무슨 차냐고 물으니 '낭원차閬苑茶'라고 한다.

장대가 차를 한 모금 마셔보고는 낭원차의 제다법이
맞기는 한데 이상하게 맛이 다르다고 한다. 민옹이 살짝
놀라며 "그럼 무슨 차 같습니까?" 하고 묻는다.

"혹시, 나개차羅芥茶?" 그 말에 민옹의 표정이 바뀌어,
장대가 다시 묻기를 "물은 어떤 물이오?" 하니, "혜천惠
泉." 것이라 한다.

장대가 "그런가요? 물 맛이 조금 퍼진 느낌인걸"이라
고 응수하니, "숨길 수가 없군요. 혜천 물이 맞긴 맞소만
한밤중 새 물이 솟을 때 길은 물이 아니"라고 민옹이
혀를 내두르며 나간다.

민옹이 새로 차를 끓여 장대에게 따라 주었다.

"향이 강하고 맛이 혼후하니 봄에 딴 차로군요. 앞서 것은 가을에 딴 것이고요."

장대의 말에 민옹이 껄껄 웃으며 말한다. "내 나이 칠십에 손님 같은 사람은 처음입니다. 우리 친구 합시다."

알고 알아보는 둘이 멋지다. 명말明末 장대가 직접 쓴 글인데, 윤오영의 「엽차와 인생과 수필」이라는 수필에도 나오고, 정민의 『석복惜福』이라는 책에도 나온다. 중국 송나라 유의경의 『세설신어世說新語』에는 이런 대목도 있다. 진晉 무제의 잔칫상에 초대받은 순욱苟勖이 죽순 반찬을 맛보더니 한마디 한다. "이것은 고생한 나무를 불 때서 요리한 것이로군." 무제가 조용히 사람을 보내서 알아보니 과연 오래된 수레바퀴를 쪼개 땔나무로 썼다는 전갈이었다.

앞에 차를 마셔보고 별것을 다 알아낸 장대도 대단하거니와, 순욱은 죽순을 먹어보고 어떻게 고생한 나무를 불 때 요리한 것을 알았을까? 고생한 나무라니? 수레바퀴가 그럴듯하다. 도마나 장기판도 칼질과 주먹질을 견디는 것이다. 그러고 보니 편달鞭撻하는 선생의 회초리, 야구 방망이, 태형 방망이, 다듬잇돌 방망이처럼, 뭔가를 타격할 때 쓰는 것들이 사실은 저도 아픈 것이니 고생한 나무 축에 들겠다. 이 나무들은 고생을 속으로 견디면서 압축되고 단단해졌을 것이다. 고생한 나무로 불을 때면, 마른 장작 태우는 것처럼 활활 타지 않고 약불로 진득하니 오래 타지 않았을까? 말하자면 죽순 삶는 시간이 늘어졌다는 것이리다. 오래 삶으면 미나리나 부추 같은 것들도 질겨지듯이, 죽순이 질겨져 버리지 않았을까? 순욱이 질긴 죽순을 맛보고 그와 같이 유추했다는 것이 근거 없는 나의 추측이다. 순욱이 고생한 나무로 불을 땠다는 것을 진짜 어떻게 알았을까? 쓸데 있는 것 같기도 하고, 쓸데없는 것 같기도 한 이 질문이 자꾸 머릿속에 맴돈다.

개와 펫

팔순 노모가 저녁 밥상머리에서 들려준 이야기 한 토막.

근래 어느 날 밤중 자시子時 무렵, 엄니 친구네 집에서 기르던 개가 유명을 달리한 모양이다. 여기서 개는 그냥 개와는 다른 '펫pet'이다. 그 집 작은 딸이 죽은 펫을 부여안고 울고불고 곡을 하고 난리를 쳤다고 한다. 작은 딸은 즉시 인천 사는 언니에게 '부음'을 전했다. 언니는 그날 그 소식을 듣자마자 밤중에 50만 원에 택시를 대절하여, 광주까지 천리 길을 한걸음에 달려온 것이다. 자매는 밤새 펫을 부둥켜안고 울었으며, 그 곡진한 광경은 차마 눈뜨고 볼 수도 없고, 말로 형언할 수도 없는 지경이었다고 한다. 그 슬픈 소식을 전하면서 엄니 친구는 엄니에게 딱 한 말씀을 남겼다.

"저것들이 나 죽으면 저 난리를 치겠냐?"

망년

"돈을 부쳤는디 못 받었다고 해야."

"뭔 말씀이요."

"거기다 50만 원을 보냈는데, 안 들어왔다는 것이여, 이것이 뭔 일인지 모르겄다, 니가 좀 알아봐라."

팔순 노모가 50만 원을 계좌이체 했는데, 전화로 확인을 해보니 상대는 못 받았다는 것이다. 노인은 광주은행 365코너 ATM기기에서 통장으로 이체를 했다고 한다. 부랴부랴 은행에 전화를 해보니, 50만 원을 이체한 게 아니고 인출해 갔다는 것이다. 아니 그럴 리가 있나! 은행원이 CCTV를 확인해 보겠다고 한다. 조금 있으니 전화가 왔다.

"분홍색 겉옷을 입은 노인 분이 돈을 인출해서 오른쪽 주머니에 넣는 모습이 찍혀 있다"는 것이다.

엄니는 펄쩍 뛴다.

"아니 내가 돈을 찾았으면 그것을 모르겠냐? 그리고 그랬다면 주머니에 돈이 있어야 할 것 아니냐? 그리고 내가 분홍색 옷이 없어. 다시 자세히 알아봐봐."

은행에 다시 전화를 했더니, "분홍색 황토색 같은 옷을 입고 운동화를 신고, 가방은 바닥에 내려놓고……. 통장에도 인출로 찍혀 있습니다." 하면서 묘사와 정황이 좀 더 구체화 된다. 노인은 여기서 말문이 막힌다. 며칠 전 행색과 맞는 모양이다.

"그러면 돈이 있어야 할 것 아니냐, 아무리 찾아도 없어."

"어머니 주장은 기억이고, 은행의 주장은 기록 아니요. 둘 중에 뭐가 틀릴 가능성이 더 크겠어요? 찬찬히 다시 기억을 좀 더듬어 보세요."

본인이 CCTV를 직접 확인하는 것이 제일 좋은 방법인데, 은행원은 개인정보보호 때문에 보여 줄 수는 없고, 경찰과 동행해야만 영상을 보여 줄 수 있다는 것이다. 노인은 경찰이랑 같이 가서 확인하는 것은 내키지 않은 모양이다. 일은 거기까지 진행됐고, 여전히 50만 원의 행방은 묘연하다.

도배 장판을 새로 했다. 20여 년 만에 처음 한 것이다. 누런 벽과 천장, 금이 가고 뜯겨나간 곳도 있는 바닥 장판을 새로 깔았더니 냄새는 좀 나더라도 집 안이 환하고 좋기는 했다. 그 과정에서 사나흘 집 안이 난장판이 됐다. 엄니는 거실 유리창의 커튼도 떼어내 간수해 두었다. 보자기가 작아 한 짝은 보자기에 싸고, 한 짝은 쓰레기 비닐봉지에 넣어뒀다. 그런데 쓰레기봉지에 넣어둔 커튼 한 짝이 사라진 것이다. 일하는 사람들이 쓰레기인 줄 알고 내다 버렸을 것이라고 엄니는 말했다. 아이보리색 단색 커튼으로 낡은 것이다. 남은 커튼을 한 짝만 달기도 난감한 일이다. 커튼이 없어도 되는데 문제는 아파트가 남향이라 낮에 빛 때문에 텔레비전이 잘 안 보인다. 나는 이참에 새로 사라고 그런 것이니 하나 장만하자고 했다. 엄니는 커튼 집에 다녀오겠다고 했다.

크리스마스 연휴 서울 집에 갔다가 사흘 만에 돌아와 보니, 나풀거리는 처마와 커튼 두 짝이 버젓이 걸려 있는 게 아닌가! 새것인가 하고 봤더니, 옛날 그것이다. 이것은 또 무슨 조화인가! 엄니가 한 짝만 남아 있던 보자기의 커튼을 내다 버리려고 들고 나가다가, 다른 또 버릴 것이 있어서 보자기를 열어보니 커튼 두 짝이 온전히 그 안에 들어 있었던 것이다. 그것을 빨았고, 나 없는 사이에 동생네가 와서 달아놓고 간 것이다.

기억이 하나씩 빠진다. 사라진 것은 커튼이 아니라 기억이었다. 바둑을 둘 때 중간에 전화가 와서 분명 통화를 했는데, 뭐라고 했는지 하나도 기억나지 않을 때가 있다. 그래서 다시 전화를 걸곤 하는데, 그런 것과 비슷한 것일까? 술을 많이 마신 날 친구들과 여러 시간을 떠들었는데 하나도 기억나지 않는 것, 어제 대리운전해서 온 차가 어디에 있는지 헤매는 것, 그런데 참으로 묘한 것은 다시 술을 마시면 무슨 얘기를 했고, 차가 어디에 있는지 솔솔 기억이 난다는 것이다. 나도 어제 점심을 뭐 먹었는지 기억이 안 나는데, 팔순에 50만 원과 커튼의 일은 당연한 것이라고, 50만 원으로 커튼을 새로 한 것으로 생각하고 말자고, 아침 밥상머리에서 나와 엄니는 그런 얘기를 하면서 웃었다.

"수영장 회원 한 사람이 머라 한지 아냐? 나는 거그 테레비를 잘 보는디, 거 엎드려 절하는 데 안 있소." 그것이 뭘까? 그것은 '불교방송'이었다. 팔순이 그런 나이다.

출근하려고 나오는 길에 외교문서에 썼다는 '불가역不可易'이라는 낱말이 떠오른다. 불가역, 관절염 앞에 붙는 '퇴행성退行性', 이런 말들은 '과거로는 못 간다'는 뜻이다. 몸이 조금 더 좋았던 어제 혹은 그제, 그러니까 내가 태어나던 방향 쪽으로는 못가고, 몸이 점점 더 나빠질 내일과 모레, 그러니까 죽음 쪽의 방향으로 밖에 못 간다는 뜻이다. 웃고는 나왔지만, 퍼덕거리는 생선을 만진 것처럼 비릿하고 속이 아릿한 아침이다. 금년도 이렇게 저물고, 세월은 가뭄에 물이 마르는 것처럼 흘러 간다.

스마트폰

어김없이 저녁에 막걸리 한잔 걸치고 11시 못 돼서 귀가 했더니, 팔순 노모 스마트폰을 들여다보고 계신다. 엄니에게 핸드폰은 장식품이나 다름없다. 집에서는 아예 무용지물이고, 외출할 때 혹시 모를 자식들과 비상 연락용으로 가지고는 다닌다. 오직 전화를 걸고 받는 데 가끔 쓸 뿐이다. 핸드폰 개통할 때 내가 '페이스북'을 깔아드렸는데, 친구는 나를 포함해 열 명 안팎이다. 내가 페북 사용법을 알려드린 직후 엄니는 지금까지 '좋아요'를 서너 번 누른 것 같고, 딱 한 번 댓글을 달았는데 그것은 '나다'였다.

엄니는 두 가지 문제에 봉착해 있었다. 하나는 광주 고려인 마을을 가기 위해 몇 번 버스를 어디서 타야 하느냐는 것이다. 최근 광주시에서 보낸 정기간행물 기사를 읽어보고 고려인 마을을 한번 가보고 싶은 것이다.

또 하나는 영화 〈노무현입니다〉가 어느 극장에서 하느냐는 것이다. 내가 서울 집에 다녀오면서 "〈노무현입니다〉를 봤는데, 눈물이 많이 납디다. 올레 TV에서 영화값이 좀 내려가면 한번 보세요"라고 했는데, 엄니는 친구랑 영화관에서 보고 싶었던 것이다. 스마트폰을 이것저것 눌러봤지만, 도무지 알 수 없다고 얘기했다. 최근군대에서 휴가 나온 손자가 사용 교육을 한 번 했는데 그때도 알쏭달쏭했고, 기억나는 것이 없단다.

"일단 네이버를 누르세요. 자, 봅시다. 저 창에 '광주 고려인 마을 시내버스' 이렇게 쳐 봅시다." 그랬더니 종합안내센터가 나왔고, 봉선동에서 버스 36번이 간다고 안내되어 있다. 36번은 우리 집 앞에서 탄다. 엄니는 그것을 노트에 적었다. 다음 영화를 검색했는데, 영화에서는 나도 한참을 헤맸다. 서울서는 딸을 시키면 되는 일이라 나도 안 해 봤다. 여기저기 뒤지다가 집에서 가까운 곳이 광주 롯데백화점 9층의 '롯데시네마'에서 약 2시간 간격으로 상영한다는 사실을 알았고, 엄니는 역시 그것을 필기했다. 아무리 생각해도 엄니에게 네이버 검색은 무리다.

"전화를 하는 게 낫겠네요."

"어디에?"

"남구청이요."

"남구청 어디?"

"공보실? 아니 민원실? 아니 문화관광과?"

"전화는 쉬운지 아냐? 지 말만 하는 여자가 몇 번을 누르라고 하고, 한참 기다려서 사람이 연결되면 다른 데로 돌려 버리고, 그 와중에 전화가 끊어져 버리고, 그거 알기가 쉬운 일이 아니다."

"저한테 전화하세요."

"너는 안 바쁘냐?"

"……"

아, 답답하다. 갑자기 숨이 턱 막힌다. 〈나, 다니엘 블레이크〉, 〈노인을 위한 나라는 없다〉라는 영화가 떠오른다. 우리가 스마트폰 속으로 빨려 들어가 정보의 홍수 속에서 헤엄치는 동안, 거기에 미처 합류하지 못한 우리의 앞 세대는 저런 간단한 정보조차도 알기가 저리도 힘들었구나. 스마트폰이 없이 저 두 가지를 알려면, 아무래도 관청에 전화하는 수밖에 없다.

그러나 어디에? 112에, 119에, 어디에? 노인을 위한 전화, 무엇이든 물어보세요, 이런 것이 필요한 것이 아닌가?

그러고 보니, 지금은 길을 묻는 사람도 없다. 길을 다

알아서가 아니라, 내가 그동안 뒤돌아보지 않았기 때문
이구나 하는 생각이 문득 든다.

귀가

"노모가 여든둘인데, 어디 안 아픈 데가 없어요. 팔다리, 허리, 발목에 온몸이 돌아가면서 쑤시고 저리고 아프다고 그러시오."

"나이가 들면 그런 것인데 그래도 큰일이네."

"하루는 병원, 하루는 수영장 이렇게 버티기는 하시는데 지난봄에도 아파트 현관 약간 경사진 곳에서 미끄러져 발목에 깁스했고 거기에 관절염까지 해서 금년에만 두 발에 번갈아 가면서 두 번이나 깁스했어요."

"그러다 병원에 가고, 병원에서 살고, 나중에 요양원으로 가고, 인생이 그렇게 끝나는 것 아니겠는가."

염천에도 퇴근길에는 막걸릿집에서 잡아끈다. 해 질 무렵에 나는 술 좋아하는 선배와 시원한 막걸리 한 주전자를 나누며 이런저런 얘기를 했다. 선배 노모는 아흔넷이다. 선배가 아들로는 둘째인데 가운데 누나가 다섯 해서 일곱째이고, 밑으로 동생 셋 해서 형제자매가 열이다.

"울 엄니는 장사여, 한참 때는 90킬로그램이 넘었어. 평생 시장에서 장사해서 열 남매를 키웠지. 내가 그 골육을 이어받아 몸 하나는 튼튼하지 않은가."

6년 전이니까 여든여덟에 거동이 불편해져서 3년을 병원에서 살았고, 그 뒤 3년은 요양원에 계신다고 한다. 한 달에 한 번쯤 찾아 문안을 드리는 데 몸이 불편해서 그렇지, 옛날 일 기억 못 하는 것이 없을 만큼 여전히 총명하다.

"하루는 갔더니 그러더란 말일세, 다리가 하나 없어져 버렸다는 거야. 아니 그래서 다리 여기 붙어 있지 않느냐고 했더니 내 다리 어디 갔냐고 자꾸 그러시는 거야. 왼쪽 다리에 감각이 사라져 버린 거지. 손으로 쿡쿡 찔러도 반응이 없어. 온종일 누워 계시니 한 다리가 마비되어 버린 거겠지. 그러더니 지팡이를 하나 사다 달라고 그러셔서 사다 드렸지."

다시 한 달이나 지나서 찾아갔더니, 노모 왈 "다리를 다시 찾았다"는 것이다.

"어찌 그런 일이 있을까 싶어서 다리를 꼬집어 봤더니, 아프다고 반응을 하시는 거라. 그동안 무슨 조화가 있었는지 아나? 그 지팡이로 발바닥을 만오천 번을 때렸다는 거야. 에이 거짓말하지 마시라고 했지. 때린 건 둘째 치고 그걸 어떻게 세었겠는가. 만사천일, 만사천이, 만사천삼, 노인이 이렇게 셀 수는 없는 일 아니었어? 그래서 물었더니 그것이 뭣이 어려운 일이다냐, 하시면서 100번을 때리고 콩만 한 작은 돌멩이를 하나 놓고, 또 100번을 때리고 하나 더 놓고, 하면서 세었다는 거야. 그렇게 만오천 번을 때리고 났더니, 마비됐던 다리에 피가 돌고, 신경이 돌아오고, 감각이 생기고 그랬나 봐."

그날 나오는데 노모가 지팡이를 하나 더 사다 달라고 해서 선배는 '양발을 번갈아 가면서 때릴 모양이다' 하고는 사다 드렸다. 그리고 얼마 후에 요양원에서 빨리 오라는 전화가 와서 급하게 찾아갔다.

"어머니가 다리랑 팔꿈치랑 얼굴에 시꺼먼 멍이 들어 있는 거야. 누구랑 싸워서 맞은 줄 알았지. 그게 아니고 병원 바닥에 넘어진 거야. 침상에 내려서 지팡이 두 개를 짚고 걷다가 다리에 힘이 없으니 몇 걸음 못 가 넘어져 다친 거지. 다리에 감각도 돌아오고 하니까 인제 걸어볼까 하다가 여지없이 꼬꾸라져 버린 건데……. 그냥 누워 계시지 왜 그렇게 기를 쓰고 걸으려고 했냐고 물었더니, 뭐라 하신지 알어?"

"……."

"집에 가려고, 걸어서 집에 가려고 그랬다는 거야."

　내 마음과 네 마음은 이토록 멀다. 다 같이 한세상을 살아도 다들 딴 세상을 사는 것이다. 그 말을 들으니 이제야 이해가 간다. 나는 보통 노모가 요양원에서 삶을 마칠 것이고, 그것이 당연하고, 나도 그럴 것이고, 그렇게 생을 마치면 불행한 것은 아니라고 생각해 왔다. 팔순이고, 구순인 바에야 더 그럴 것이라고. 그런데 그 귀가의 노력, 발바닥과 지팡이에 의지하여 다시 집으로 돌아가고 싶은 생각, 아흔넷의 그 의지와 행동들, 그것은 참으로 놀라운 것이었다. 당연한 것은 그것이 아니라, 노모들이 통상 여기가 내 여생의 끝자리라 생각할 것이고 내가 그렇게 생각하는 것이 당연한 것이 아니라, 사실은 어서 몸이 좋아져서 집으로 돌아가야겠다고 생각하는 것이 더 당연한 일이었겠구나 하고 깨닫게 되었는데, 그것은 그 얘기를 들은 지 한참 지나 서서히 취기가 올라 집에 돌아가는 길에서야 그랬다.

향년

변철에 기름을 두르고 전煎을 한판 지졌다. 깻잎 썬 것에 새우, 키조개 젖꼭지, 오징어 쪼가리 같은 것을 두루 얹은 해물 전이다. 애들 손바닥만 하게 한입에 쏙 들어갈 크기로, 한 양판을 지졌다. 엄니 왈, 전에도 얼굴이 있다. 전이 얼굴이 두 개가 아니고 잘생긴 쪽이 얼굴인데, 보통 불에 먼저 닿은 쪽이 납작하게 빠져 그것을 얼굴로 친다고 한다. 과일과 나물과 생선들, 상 위에 올라갈 것들로 바닥이 어지럽다.

몇 해 전부터 부쩍 많이 듣는 말, 나는 오늘도 어김없이 그 말을 들을 것이다. 고개를 든 기역 자 형태로 굽은 허리, 옛 조모와 똑같은 모습으로 허리에 손을 얹고, 아파트에 들어올 고모가 하실 말을 나는 안다.

"나, 느그 아부지 온지 알었다."

이따가 흠향 타임에 오실 선친께서 벌써 오셨을 리

만무하건만, 고모는 늘 그렇게 말한다. 내 얼굴에서, 30여 년 전에 떠난 오빠를 떠올리는 것은 당연한 일이다. 머리도 빠지고, 몸집이나 얼굴이 닮은 건 말할 것도 없고, 사투리가 섞인 말투와 말버릇까지, 도토리를 떨어뜨린 참나무와 도토리가 자란 참나무가 비슷비슷하듯이, 영락없이 그럴 것이다. 더군다나 아버지는 떠날 때가 가장 늙은 모습이기 때문에, 고모는 할머니가 되었어도 기억하는 오빠의 모습은 50줄에 멈춰 있을 것이다. 아마도 오늘은 그 데자뷔의 착시가 정점에 달할 것이다. 나는 금년에 아버지의 향년享年에 도착했으므로.

세월이 더 흐르면 고모는 내게서 오빠의 늙어가는 모습을 새롭게 발견할 것이고, 그것은 정지된 기억의 시간이 흘러가도록 도와줄 것이다. 윤회가 그런 것 아닐까 싶다. 나는 나의 삶인 동시에 아버지의 내생이 될 것이고, 옛날에 나는 내 자식들의 전생을 살았을 것이고, 누군가는 언젠가 나의 내생을 살 것이다.

내일부터 나는 술을 마시면, 아버지의 몫까지 두 잔을 마셔야 할까? 술만 마시는 것이 아니라 일찍 떠나 버려 생긴 엄니 곁의 빈 공간도 채워야 할 내 몫이 되는 것인가? 전을 지지면서, 금년 기일은 여느 해 제사와 또 다르다는 생각이 들었다.

열반송

인생은 한 조각의 꿈

그동안 살아온 삶이 세월 따라갔고

세월 속에 나도 따라갈 뿐이다.

맑은 바람 밝은 달 너무도 풍족하니

나그네길 가볍고 즐겁구나.

달빛 긷는 한 겨울,

복사꽃이 나를 보고 웃는다.

4일 새벽 이두 스님이 열반에 들었다. 혹하고 촛불
이 꺼진 상태, 열반은 적멸의 고요다. 승려로 66년, 세
수 90. 금오문중의 어른으로, 동사섭의 덕을 닦고 무욕
의 삶을 살았다고 한다. 떠날 때는 말없이 떠나지만, 저
런 시 한수 남겨도 좋을 일이다. '달빛 긷는 한 겨울, 복
사꽃이 나를 보고 웃는다.' 이 대목이 좋다. 시인이기도

했던 그는 "지나간 모든 것은 다 바람일 뿐이다. 스스로 주인이 되는 삶을 살라"는 가르침을 남겼다고 한다. 오랜만에 뒷산을 두 바퀴 돌았다.

어디로 갈지를 모르고

수영장 10년 근속 팔순 엄니, 수영장에서 들은 얘기를 아침 밥상머리에서 이르시기를.

"아흔셋 묵은 영감이 말이다, 몸이 심하게 아파서 병원에 갔는디, 숨도 못 쉬고 위독했다더라. 자식들이 서울서 다 내려오고, 초상 치를 준비하고 난리법석을 벌인 모양이더라. 그런데 말이야, 몸이 좀 좋아지더니 아, 열흘 만에 깨끗이 나아 버렸다는 것이여. 그래가지고 다시 집으로 모시고, 자식들은 다시 상경했다등마. 주위 사람들이 혀를 차고 그랬다더라. '영감이 어디로 갈지를 모르고, 도대체 이것이 뭔 일인지 모르겠다'고."

그러고 나서 엄니들은 경쾌한 음악 소리에 맞춰 이른바 '아쿠아로빅'을 더 열심히 했던 것이다.

봄날

누군가 내게 삶의 애달픔에 관해 얘기할 때, 그것의 고달픔보다 애달픔에 관해 얘기할 때, 예를 들면 어떤 해고나 실업, 아니면 그보다 더 견디기 힘든 해고의 전단계, 이름 없는 곳에 발령한다거나, 열다섯 명의 부하 직원이 갑자기 사라져 버리고 홀로 남았다거나 그런 얘기를 할 때, 나는 그와 자정 넘어 술을 더 마시지 않을 수 없다.

비 오고 봄날에 그런 얘기들이 더 촉촉이 내게 안겨 온다. 나는 동시에 슬프거나 분노하지만, 그런 애달픔이 내게 왜 더 익숙한 것처럼 다가오는 것일까를 생각하면, 우리의 삶이 대체로 기쁘고 아름답고, 웃고 그런 것이지만, 생각해보면 그 반대편에 드러나지 않은 나머지 오 할은 원래 슬픈 것이었고, 그늘지고, 살아가는 것을 견디기 힘들 만큼 혼자 울고, 그래왔기 때문에 나는 그런

얘기를 들을 때, 더 익숙하고 잘 아는 것 같은 기분이
들었는지도 모른다.

그러니까 봄의 배경은 겨울이다.

제2의 화살

"깨달은 사람은 한 대 맞아도 안 아픕니까?"

내가 불쑥 물으니 도법 스님이 웃는다. 이것이 우문이라는 것을 안다. 어찌 안 아프겠나, 당연히 아프겠지. 질문을 보충했다.

"똑같이 아프다면 깨달은 사람과 못 깨달은 사람은 무엇이 다를까요?"

"맞은 것도 같고 아픈 것도 같지. 하지만 그다음이 다르지."

스님은 그러면서 '화살' 얘기를 꺼냈다. 한 대 맞은 것은 외부의 충격이다. 그것이 '제1의 화살'이다. 맞았으니 아프고, 아프니 화가 나고, 화가 나니 나도 한주먹 날려야 직성이 풀린다. 눈에는 눈, 귀에는 귀! 외부의 충격으로 인한 고통은 내부의 분노와 반격으로 이어진다. 내부에서 발사된 화살이 '제2의 화살'이다. 1화살은 남이 쏜 것이고, 2화살은 내가 쏜 것이다.

"두 사람이 꽃을 보고 아름답다고 느끼는 것은 같지. 하지만 한 사람은 꽃을 꺾어 자기 집에 가져가고, 다른 사람은 꺾지 않고 그냥 두고 본다고 할 때 둘의 행위는 다르지? 모두가 한 송이씩 꺾어가 버리면 지구에는 70억 개의 꽃이 필요하겠지, 꽃을 그냥 둔다면 꽃 한 송이로도 충분하지 않을까."

스님은 그렇게 말했다. 이런 얘기를 할 때 스님들은 신난다. 흥이 나는 사람의 말은 길다.

"사람이 누구나 죽는 것은 같지만, 두려움과 고통 속에서 죽어가는 사람과 삶의 한 과정으로 받아들이는 사람은 다르지 않겠나? 누구에게나 시간과 공간이 영원하고 무한한 것처럼 열려 있지만 그것을 어떻게 쓰느냐는 다 다르지 않을까? 사소한 시비가 분노와 증오, 원한과 복수로 발전하고, 악이 악을 낳는 악순환을 되풀이하지 않으려면 자기가 쏜 제2의 화살을 자기가 맞지 않아야 하지" 하고 덧붙였다.

"그러니까 부처님은 주먹으로 한 대 맞아도 복수의 주먹을 날리지 않는다, 이 말씀이죠? 제1의 화살은 거리에서 수습되지만, 제2의 화살은 법원에 가야 수습되겠습니다" 하고 내가 법열 가득한 표정으로 합장하자 스님은 한없이 기뻐했다.

스님이 말한 화살의 출처는 『법구경』이다.

전장에 나가 싸우는 코끼리가
화살을 맞아도 참는 것처럼
나도 세상의 헐뜯음을 참으며
항상 정성으로 남을 구하리라

잘 다루어 훈련된 코끼리는
나랏님이 타도 좋을 것처럼
욕辱을 참아 스스로 다루어진 사람은
만인 가운데 으뜸인 사람이니

『법구경』 23장 상유품象喩品에 나오는 말이다. 사위국에서 왕이 타는 코끼리를 관리하는 장로 가제담이 찾아와 법을 물으니 부처님이 코끼리에 빗대 설명하는 대목이다. 육바라밀의 관문 '인욕忍辱'이다. 욕辱은 성내는 마음과 탐하는 마음. 나이가 들수록 탐심貪心은 어느 정도 통제가 되지만 성내는 마음을 제어하기가 더 어렵다. 작은 일에도 불쑥불쑥 화가 치밀어 오른다. 퇴직하여 술값을 호기롭게 치르지도 못하고, 자리에서 늦게 일어나고, 평생 눈치는 안 보고 살았는데 셈이 몸보다 더 빠를 때, 텅 빈 시간에 지하철을 타고 다닐 때, 지나가던 말들이 구박처럼 들릴 때, 탱탱하던 삶의 테두리가 서서히 오그라드는 그 궁한 틈을 화가 밀고 나온다. 입에서 가시 돋친 말이 튀어나가고 말은 화살이 되어 너의 가슴에 박혀 있다. 내가 쏜 화살이 너에게도 상처를 주고 나에게도 상처를 준다. 입을 닫아야 하는데, 묵언默言이 어렵다.

제1의 화살을 맞고도 제2의 화살을 꺾어 버리는 사람이 되려면 먼저 입을 닫아야 한다.

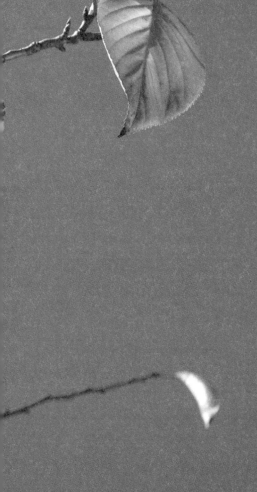

4장

계절은 책장을 넘기는 것처럼

"가을은 책장을 넘기는 것처럼 오드라."
배드민턴을 치고 나오는 길에
사다리 이사차로 생계를 꾸리는 양반이
지나가는 소리를 한다.
"뭔 말씀이오?"
"아니 사철이 나오는 애들 동화책 말이여,
봄 한 장 넘기면 여름 나오고,
여름 한 장 넘기면 가을 나오잖어? 가을이 영락없이
그런 식으로 오지 않냐, 그 말이제."

선물

오전 비가 그치고 푸른 하늘이 구름 사이로 간간히 보이더니, 점심나절에 기쁜 선물이 도착했다. 한국의 전통사찰 934곳을 담은 책 두 권 하고, 경상도 쪽 절터를 답사하여 엮은 『한국의 사지寺址』 세 권이 고구마 박스에 담겨서 왔다. 오랜 친구 K형이 보낸 것이다. 이런 책이 필요하냐고 묻고는 사나흘이 지났는데, 서둘러 보내 준 그 마음이 고맙다. 자기한테 필요 없는 것이라 하더라도 남 주기가 쉽지 않다. 하물며 이 책들은 스스로 볼 만한 것들인데, 저렇게 싸서 보내기는 어려운 일이다. 그가 복 받기를 빈다.

'교육방송'을 자주 설하시는 엄니 말씀 중에 이런 것이 있다. "선물은 죽기 전에 줘야 한다." 뭐든지 살아 있을 때 줘야 선물이지, 죽은 뒤의 유물을 누가 얼마나 탐탁하고 고마워하겠냐는 말이다. 한때 음반을 사러 황학동, 청계 8가를 다닌 적이 있다. 그때 들은 얘긴데, 어느 날 갑자기 고가의 귀한 음반이 트럭째로 시장에 나올 때가 있다고 한다. 그러면 '아! 누가 또 떠났구나' 한다는 것이다. 음악을 좋아하던 아무개가 살아생전 금이야 옥이야 해가며 사 모았던 음반들이 저렇게 무더기로 쏟아지는 것은 필경 그이가 죽었다는 것이고, 이제 타인이 된 마누라나 자식들이 몽땅 내다 파는 것이다. 그럴 때는 한 장에 7,000원에서 귀한 것은 10만 원이 넘는 중고음반들을 근으로 떠서 사고, 느닷없는 횡재를 하게 된다고 한다.

그렇게 떠나고 말 것들을 한 장 한 장이 아까워서 베풀지 못한 것은 얼마나 바보 같은 일인가? 죽기 한 10년 전부터 그것을 좋아하는 사람들에게 한두 장씩 나눠 주었더라면, 받는 이가 얼마나 기뻐했을까? 평생 들어도 못 들을 만큼 넘쳐나는 음반들, 한때가 지나면 통 듣지도 않아 먼지가 탱탱 슬어 그저 장식에 불과한 것들을 남에게 선물로 건네고, 그 집 전축에서 반짝이고 돌아갈 때 음반은 비로소 환생하는 것이니, 미련 없이 줄 일이다. 저승에 꼭 가지고 가고 싶은 것, 10장 정도 정해 놓고 나머지는 죽기 전에 선물할 일이다. 어디 음반뿐이겠는가, 책도 그렇고, 차도 그렇고, 찻그릇도 그렇고, 귀물이라고 사 모았던 것들이 다 그렇다. 나는 아 직 죽을 날이 멀었으나, 이 말을 명심하여 장차 실천하 고자 다짐한다.

부처의 유언

'의법, 불의인依法不依人'

도법 스님이 늘 강조한 부처의 유언이다. 법에 기대고, 사람에게 기대지 말라는 뜻.

"아난다여, 나는 이제 늙고 지쳤다. 인생의 기나긴 길을 걸어와 어느덧 여든 살에 이르렀다. 마치 낡은 수레가 가죽 끈의 도움으로 간신히 움직이는 것과 같구나."

쓸쓸하고 아름다운 말이다. 부처가 차팔라 사당에서 세상을 떠나기 전에 이렇게 말하고는 이른바 '4대 교법'에 대해 당부한다.

"만일 수행승 중에 누군가가 '이것은 부처님으로부터 친히 들었다, 이것은 규정에 맞는 교단에서 들었다, 이것은 많은 장로에게 들었다, 이것은 한 사람의 유능한 장로에게서 들었다'고 하는 네 가지 경우에 그 자리에서 바로 찬성하거나 반대하지 마라. 하나하나의 말을 잘 생각해서 성전의 문구에 비추어 본 다음 태도를 결정해야 한다."

여기서 유명한 '자등명自燈明 법등명法燈明'이 나온다. 자등명은 내가 나의 등불이라는 말이고, 법등명은 진리가 나의 등불이라는 뜻이다.

"아난다여, 내가 입적한 뒤에도 자신을 등불로, 의지처로 삼아야지 남에게 의지하지 마라. 진리를 등불로, 의지처로 삼아야지 다른 것에 의지하지 마라. 그런 사람이 내 뜻에 가장 맞는 사람이다."

스님은 이렇게 요약한다. 세상은 누구한테 기댈 것 없다. 힘이 세다고, 권위가 있다고 옳은 것은 아니다. 기대지도 말고 굽히지도 마라. 스스로 사리 분별하여 행하고 책임지는 것이다. 사람들 사이에 갈등과 논란이 있는 경우도 사람에 의지하지 말고, 법에 의지하라.

내가 부처라면, '살다가 어렵고 곤란한 경우가 나오면 윗사람들한테 물어보고, 정의냐 불의냐가 딱 부러진 것이 아닌 애매한 것이 나올 때는 주위를 살펴보고 사람들 많은 쪽에 서라'고 하지 않았을까?

낡은 수레에 비유하는 부처의 마지막 모습은 얼마나 인간적인지, 다가가서 식어가는 손이라도 꼭 잡아 주고 싶다. 하지만 뒤이은 그의 유언, '사람에게 기대지 마라.

스스로 바로 서라'는 말은 얼마나 지혜롭고 많은 것을 포함하고 있는지, 바늘구멍 하나 들어갈 틈이 없이 얼음처럼 단단한 이성이다.

어떤 문제

하희夏姬는 음탕하고 요염했다. 눈은 살구꽃 같고, 뺨은 도화 핀 것처럼 아름다웠다. 누구나 그녀를 한번 보면 넋을 잃을 정도였다. 열다섯 살 때 꿈에서 신선과 통정한 뒤 양으로 음을 보하는 법을 배워 늙어갈수록 젊어졌다고 한다. 그녀는 춘추전국시대 정나라 공주로 혼전에 이복 오빠와 통정했고, 진나라 대부에게 출가하여 아들(하징서) 하나를 두고 과부가 됐다. 절세미인이니 밖으로 추파가 끊이지 않았고, 천하의 음녀였으니 안으로 호응하였음은 당연하다.

여기에 진陳나라 왕 영공靈公이 걸려든다. 하희와 먼저 통정한 간신 두 명이 있었는데, 그들이 영공을 끌어들인 것이다. 영공이 하희와 하룻밤을 보내고 "과인이 천상의 선녀를 만났다 해도 이보다 낫지 못하리라. 하희와 관계하고 나니 육궁六宮의 비빈妃嬪들이 다 썩은 지푸라기 같도다"라고 했다니, 얼마나 대단했는지 도무지 알 길이 없다.

영공은 통정의 징표로 하희가 준 속옷汗衫을 입고 이튿날 조정에 나가 먼저 정을 통한 간신 두 사람에게 자랑한다. 용포를 치켜들고 한삼자락을 내보이며, "너희도 이런 것이 있느냐?" 하니, 간신 하나(공영)가 관복 자락을 헤치고 하희의 비단 속옷을 내보였다. 영공이 "너도 있느냐"고 물으니, 또 다른 간신(의행보)도 하희의 벽라 저고리를 내보였다.

대명천지에 조당朝堂에서 군신이 속옷 자랑을 했으니, 그 희학질의 소문이 대궐 밖까지 퍼졌다.

그때 설야泄冶라는 신하가 있었다. 그는 충신으로 도저히 이런 일을 묵과할 수 없었다. 설야는 직간했다. "아무리 왕이라지만 이래서야 되겠습니까? 군신이 한 과부와 통정한다는 것이 어불성설이요, 이것이 바로 나라를 망치는 길 아니겠습니까"라고 했다. 설야는 퇴청하는 길에 두 간신도 꾸짖었다. "너희는 더 나쁜 놈들이야."

통정한 군신 간에 긴급회의가 열렸다. 왕이 처음에는 부끄러워했으나, 수천 비빈이 이미 지푸라기로 전락해 버렸으니, 그만둘 수는 없는 일이었다. 그러고 보니 괘씸하고, 화가 났다. 슬슬 부아가 치밀어 오르던 차에 간신

둘이 "설야의 입을 막아 버립시다" 하고 하문을 기다리니 "그대들이 알아서 하라"고 어명이 떨어진다. 설야는 그날 밤 자객의 손에 불귀의 객이 되고 말았다.

그로부터 100년이 흘렀다. 공자에게 제자가 묻는다. "설야가 바른 말을 하여 죽임을 당한 것은 옛날 주왕紂王의 숙부로서 그의 폭정을 비판한 비간比干의 죽음과 전혀 다를 바가 없습니다. 이를 인仁이라 칭하여 옳은 것인지요?"

공자 왈, "아니지, 비간比干은 주왕紂王과 혈연이기도 하고 관직도 높았지. 자신의 몸을 버리면서까지 세찬 간언을 한 것은 사후에라도 주왕이 후회하기를 바랐기 때문이야. 이는 마땅히 인仁이라고 해야 하지. 그러나 설야는 영공과 혈육도 아니고, 지위도 일개의 대부大夫에 불과하지 않은가? 나라와 군주가 올바르지 않으면 깨끗하게 관직에서 물러나야 하는데 분수도 모르고 구구한 몸으로 일국의 어지러움을 바르게 하려고 하다니, 이는 자신의 생명을 함부로 버린 게야. 인仁은 커녕 한 소동에 불과한 것이지."

질문을 던진 제자는 공자의 말에 납득하여 물러났으나 옆에서 듣고 있던 자로子路는 도저히 이해할 수가 없었다.

"어쨌든 위험을 무릅쓰고 일국의 문란함을 바르게 하고자 한 것에는 인仁과 불인不仁, 지智와 부지不智를 넘어선 훌륭함이 있다고 할 수 있지 않을까요? 생명을 헛되이한 것이라고 잘라 말할 수는 없지 않겠습니까?"

자 왈, "그대는 그러한 소의小義 속에 있는 훌륭함만 보고 그 이상의 것은 보지 못하는가? 옛 사대부는 나라에 질서가 있으면 충성을 다했으나 나라에 도가 없으면 물러남으로써 이를 피하였다네. 자네는 아직 이러한 출처진퇴出處進退를 이해하지 못하는 것으로 보이는군."

자로 왈 "결국 세상에서 가장 중요한 것은 일신의 안전을 꾀하는 것에 있습니까? 몸을 버려 의를 세우는 것에는 없습니까? 한 인간의 출처진퇴가 천하창생의 안위보다도 더 소중한 것일까요? 설야가 지위에서 물러났다면 일신은 좋을지도 모르지요. 하지만 백성에게 무슨 도움이 될까요? 끝까지 간언하여 죽는 쪽이 인민의 기풍에 주는 영향으로 말하면 훨씬 의미 있는 것이 아닐까요?"

자 왈, "물론 일신의 보전만이 소중하다고는 말하지 않겠네. 그렇다면 비간의 죽음을 인이라고 칭찬하지도 않지. 단지 도道를 위하여 버리는 생명도 그때와 장소가 있는 법. 그것을 지혜롭게 헤아리는 것이 개인의 이익을 위한 것은 아니라네. 서둘러 죽는 것만이 능사는 아니거든."

　요컨대 설야의 죽음에 대해 자로는 "스승은 도대체 뭘 가르치십니까? 불의를 보고 참으라는 건가요?"라고 따져 묻는 것이고, 공자는 "허허 이 사람아, 의와 도라는 것도 처지와 때를 가려서 하는 법이라네"라고 응수한 것이다.

　앞부분 설야의 죽음까지는 『열국지』에, 뒷부분 공자와 자로의 대화는 『공자가어』에 나온 것을 재구성한 내용이다. '출처진퇴出處進退와 창생안위蒼生安慰', 공자가 옳은가 자로가 옳은가?, 나는 공자에 가까운 사람인가, 자로에 가까운 사람인가? 세상살이의 철학이 함축된 어려운 문제다.

　이 문제는 오래도록 내 화두가 되었다. 자로는 가치론적 접근이고, 공자는 목적론적 접근이다. 삶은 직선인가, 곡선인가? "불의를 참지 못하고……."라는 말을 흔히 한다. 이는 군중이 불의를 용납하지 않을 것처럼 보이지만, 사람 개개인으로 들어가면 거의가 불의를 보고 참는다는 뜻이 된다. 의의 실천궁행은 그 만큼 어렵다. 자로는 술과 총으로 세상을 바꾸려는 아나키스트의 돌격처럼 멋지다. 재지 않고 바로 긋는다. 자로는 청년이다. 그러나 짧다. 공자는 장년이고, 백두대간처럼 길고, 멀다. 자로가 멋지지만 살면서 공자의 방식에서 일의 성취가 많은 것을 보아온 것 또한 부인할 수 없다.

"그래서야 무슨 스승입니까?"라는 문問과 "그렇게 되는 일이 있던가?"라는 반문反問 사이에서 나는 여전히 벗어나지 못하고 있다. 인간의 양대 심리인 자존自尊과 이기利己, 그 안에서 싸우다 우리는 일생을 마감한다. 젊을 때는 자로의 길을, 늙으면 공자의 길을 간다. 머리와 가슴은 자로처럼 늙지 않지만, 몸과 삶은 공자처럼 늙어간다. 이념의 진보성과 삶의 보수성은 매순간 상충하는 것이다.

중요한 것은 변질이다. 자로를 택했을 때, 그 단숨의 실천과 매듭 덕분에 의는 영원히 살아 있다. 그러나 공자의 길을 갈 때 보통 사람은 변하고 만다. 공자는 참고 물러나 임금의 버릇을 고치기 위해 일관된 노력을 할 터이지만, 보통 사람은 그 초발심의 나사가 서서히 풀리면서 영합하기 쉽다. 초심을 잃어버리느냐, 일관하느냐가 핵심이다. 그러나 이것은 답이 아니다. 이런 식의 양시양비론은 시험에서 빵점이다. 어떤 삶의 방식을 택하여 자기주장을 논리정연하게 펼 것인가가 핵심이다.

어려운 문제는 이쯤에서 각설하고 다시 춘추전국시대로 간다. 임금과 두 간신이 하희의 집에 모여 잔치를 벌였다. 하희의 아들 하징서는 감히 나서지 못하고 병풍 뒤에 숨어 있다. 임금이 간신에게 묻는다. "하징서는 몸이 크고 힘이 센 것이 꼭 너를 닮았구나. 바로 네 자식이 아니냐?" 하니 의행보가 껄껄 웃으며, "하징서의 번쩍거리는 두 눈은 꼭 주공을 닮았습니다. 아마 주공의 소생인가 합니다"라고 응수한다. 또 다른 간신이 "두 분은 그런 자식을 두실만 한 연세가 아니니, 아마도 하징서는 잡종인가 합니다. 하부인도 접촉한 사람이 많아 누구의 자식인지 알지 못할 것입니다"라고 하자 세 사람은 손뼉을 치며 깔깔 웃었다.

그날 밤 진왕 영공은 하징서의 화살에 심장이 꿰뚫려 죽고 결국 진나라는 초나라에 멸망한다.

천왕봉 소풍 가는 길에

실상사에서 하룻밤 자고, 산내암자 약수암에 다녀왔다. 지리산 칠암자 코스라 다니는 사람들이 더러 있다. 도솔암-영원사-상무주암-문수암-삼불사-약수암, 그리고 실상사. 누가 묶어 놓았는지 모르지만, 묶어 놓으니 그럴싸하다. 가는 길에 작은 절집이 있으니 들러보는 것이련만 새벽에 출발하여 부지런해야 하루 걸리는 일곱 사암을 다 둘러보고, 그래야 직성이 풀리는 사람들이 드문드문 다닌다.

실상사에서 차 한 잔 마시는데, 일하는 어느 보살님 한 분이 그런다.

"우리 아들이 천왕봉에 소풍 갔는데 내려올 때 돼서 마중 가느라 먼저 가요."

나는 깜짝 놀라 물었다. "몇 살인데 천왕봉으로 소풍을 가요?"

"초등학교 6학년이요."

"여럿이 갔어요."

"여기 산내초등학교 다니는데 학생들이 다 가요."

남원시 산내면 산내초등학교 6학년 20여 명, 선생님, 학부모 두루두루 봄 소풍을 천왕봉으로 갔다 오는 길이란다. 백무동으로 올라 세석 장터목 지나 천왕봉 갔다가 그 길을 되짚어 온다고 하는데, 지금 세석의 철쭉은 얼마나 아름다울꼬?

이곳 초등학교는 1학년 때부터 소풍을 지리산으로 간다고 한다. 1학년은 이 근처 둘레길을 다녀오고, 2학년이 되면 실상사 맞은편 백운산으로 간다. 3~4학년은 노고단이나 칠선계곡을 다녀오고, 5학년은 지리산 제2봉 반야봉을 오른다. 그리고 6학년이 되면 천왕봉으로 소풍을 다녀오는 것이다. 학년이 오를 때마다 더 멀리 더 높게 간다. 늘 지리산을 바라보면서 자라는 아이들이 학년이 오를 때 마다 금년에는 저기 저 산을 가겠군, 내년에는 더 멀고 늘 안개 자욱하여 구름이나 떠돌던 저 산을 가겠지, 하면서 꿈과 몸이 커지겠구나, 하였다.

천왕봉에 오를 때까지 초등학교 6년을 다니는 것은 지금 당장도 얼마나 재미나는 일일까만, 도시 친구들과 지리산 종주를 하게 되었을 때, '응, 천왕봉? 나 초등학교 때 소풍 다녔던 곳이야'라고 말하면 얼마나 눈들이 휘둥그레질 것인가. 나는 천왕봉에 소풍 간다는 말이 부럽고 신기했다. 훗날 살아가면서 고단하고 힘든 때를 맞이하더라도 어릴 때 산에 오르던 저 기억 하나만으로 도 아이들은 쉽게 꺾이지 않겠다, 그런 생각이 들었다.

개심사

개심사 가는 길은 곡선이다. 저수지를 돌아가는 찻길
이 구불구불하다. 하늘과 닿은 비산비야의 선들도 휘어
진 난초처럼 이어진다. 바람은 봄바람이다. 들은 드문드
문 파릇파릇하지만 대체로 누릇누릇하다. 봄이 일주문
앞에까지 왔다. 일주문은 기둥만 있고 문이 없는 문이
라, 봄은 금방 그 문을 쑥 지나올 것이다.

개심사開心寺, 마음을 열라! 개심하고 들어가야 보이
는 것인지, 뭔가를 보고 개심하는 것인지는 알 수 없다.
종각을 받치고 있는 네 개의 나무 기둥은 개다리소반처
럼 휘었다. 땔감으로나 쓰일 것들이 저기 서 있네! 유명
한 심검당尋劍堂을 한참 동안 바라보고 섰다. 심검당은
적묵당과 더불어 절집에서 선원이나 강원의 이름으로
흔히 쓴다. 칼을 찾는다는 뜻이다. 어리석음을 끊어 버
리는 지혜의 칼. 예리한 칼날 위에 머리카락을 훅 불면

단박에 두 동강이 나는 취모리검吹毛利劍, 그 칼은 어디에 있을까?

심검당은 대웅전 왼편에 있다. 대웅전은 멋진 배흘림 기둥에 맞배지붕으로 보물이다. 심검당은 거기에 비하면 초라하다. 본채는 그나마 반듯하지만, 옆으로 달아낸 덧집에 곧은 목재는 하나도 없다. 배흘림이 아니라 둔부까지 흘림인 목재들, 전혀 다듬지 않은 나무들, 기둥은 삐딱하게 서 있고, 들보는 가로로 헤엄치는 듯하고, 문턱은 활처럼 굽었다.

심검당만 그런 것이 아니다. 대웅전 우측, 무량수각도 그렇다. 앞은 반듯하지만 뒤편에는 역시 뒤틀린 나무들이 기둥으로 서 있다. 해탈문을 받치고 있는 기둥도 야생의 생김새 그대로다. 명부전도 흰 나무들을 기둥으로 썼다. 그러니까 개심사는 처음 만나는 범종각 네 개의 기둥, 심검당의 기둥과 들보, 무량수각과 해탈문과 명부전 기둥들 모두 반듯한 것이 없다. 반듯한 것이 무엇일까? 반듯한 것이 자연스러운 것은 아니라는 생각이 든다. 오직 대웅전, 부처가 앉아 있는 전각만 위아래 균형이 맞고 조형미 있는 목재를 썼다. 나머지 당우들은 굽고 흰 나무들이 군데군데 박혀 있는 것이다.

저렇게 평퍼짐하게 살찌고 휘어진 기둥은 춤추는 그

173

리스인 조르바의 엉덩이를 생각나게 한다. 나무는 비탈에 서서 휠 것이고, 중력을 거스르며 성장하는 그 필연 속에서 곡선이 되었다. 바람을 맞아 굽어 휘지 않고는 한 생을 유지할 수 없었을 것이다. 춤추는 엉덩이 속에 인간의 온갖 욕망과 비밀이 가려져 있는 것처럼, 바람이 멈춘 나무의 굴절 속에 새들은 둥지를 튼다. 직선에 머무를 수 없는 것들이 휘어진 곡선 속에서 산다. 고통이 머무는 곳도, 고통을 숨겨 주는 곳도 그곳이다. 오랜 시간이 퇴적하여 생긴 그 속에는 살아가는데 필요한 온기가 남아 있을 것이다.

칼은 보이지 않는다. 금방 찾을 것 같으면 '심검'이라고 하지도 않았을 것이다. 오직 하나의 암시만, 일주문 현판에 걸어 놓았다. '상왕산 개심사', 그대, 마음을 열어 보라. 나는 심검당의 나무 기둥을 한참 동안 쳐다보다가 왜 대웅전보다 심검당이 더 끌리는지, 그것은 '버리지 않는 마음' 때문이 아닐까 생각했다.

바로 그때, "어떤 이유이거나 볼품없는 목재를 일부러 썼을 리는 없지 않나? 좋은 것은 먼저 대웅전에 보내고, 쓸 만한 것은 심검당 본채에 쓰고. 기왕 잘린 나무를 땔감으로 태워 버릴 수는 없으니 그런 것은 덧집과 뒤편에 쓰자, 불사는 꼭 반듯한 목재를 써야 한다는 그 마음 하나만 버리면, 굳이 새 나무를 벨 필요가 없지 않은가? 모양이 무슨 상관인가? 밑둥이 단단한 것은 기둥으로 쓰고, 좀 날렵한 것은 들보로 쓰자. 그래서 죽은 부처는 반듯한 대웅전에 모시고, 산 사람들은 굽은 나무 기둥 속에 살면 어떻겠나" 하고 심검당은 옛 이야기들을 소곤소곤 들려주는 것이 아닌가!

찾아보라던 칼은 그런 것이 아니었을까? 수험생도 나고, 감독관도 나인, 나는 그렇게 생각했다. 일주문을 나서 다시 구불구불한 저수지 물가를 돌아, 비산비야의 서산 내포 땅, 저 둥글둥글한 곡선에서 벗어나 남으로 쭉 뻗은 직선의 고속도로를 달렸다.

황룡강 일몰

저무는 강가에 홀로 서서 하루해가 지는 모습을 가만히 지켜보는 것보다 더 행복한 일이 있을까 싶다. 누군가 곁에 있다면 더 좋으련만, 그냥 그대로 혼자서 지는 해를 하염없이 바라보는 것만으로도 충분히 행복했던 저녁 어스름. 6시 반경에 황룡강변에 사진을 찍으러 나갔는데, 하늘은 푸르고 높고, 구름도 좋고, 기다림만 남았다. 구름에 서서히 누르스름한 빛이 들기 시작한다.

더 물들면 찍으려고 아껴 두었던 구름이, 흐르면서 모양이 바뀌고 옅어지고 흩어져 버리고 만다. 어디서 한 구름 떼가 다시 다가온다. 그러고 둘러보니 안 흐르는 것이 없다. 바람이 흐르고 구름이 흐르고 강물도 흐르고, 저기 해가 점점 떨어지면서 시간이 흐르고, 세월이 흐르고 있다. 저런 흐르는 것들을 바라보며 담배 한 대 물고 공자처럼 "흐르는 것이 저러하구나" 하고 독백을 해 보았다.

일몰, 7시40분. 점점 붉어진다. 구름이 없었다면 빛은 창공으로 날아가 버렸을 것을, 구름이 온몸으로 그것을 받아 붉게 머금어 주고 있어서 내가 본다. 색의 무쌍한 변화들, 누른 것이 주황으로, 더 붉어져 빨강으로, 점점 더 붉어져 온 산이 불타고 불길이 하늘을 향해 치솟는 것처럼 짙어지고 있다.

해 떨어지고 조금 지나 붉은색도 아니고 보라보다는 연하고 자주색에 가까운, 여인의 립스틱이나 영화에서 본 페라리의 색깔 같은(그 색을 뭐라 표현할 길이 없어 색상환을 찾아봤더니, 영어로 '텔레마젠타telemagenta'라고 부르는 색에 제일 가깝다) 색으로 물드는데, 그런 하늘은 얼마나 황홀한지, 넋을 놓게 만든다. 15분 정도, 그러다 사라졌다.

빛이 없으니, 색도 없다. 세상은 다시 명암만 남아 있는 무채색으로, 나무와 산들이 실루엣으로만 비치는 흑백의 세상으로, 색色에서 공空으로, 돌아갔다.

무지개

어제는 세상이 뒤집힐 것처럼 소나기가 퍼붓더니 퇴근 무렵에 거의 갰다. 저녁 술자리에 가는데 차창에 아직 빗방울이 떨어진다. 빗속으로 서편에 노을이 지고 구름 사이로 빛이 든다. 무지개는 이럴 때 뜨지 않고 뭐하나, 하고 동쪽 하늘을 바라보는데 아! 떴다. 붓으로 그린 것처럼, 하늘에 반원을 긋고 있는 영롱한 빛깔들. 얼마 만에 보는 것인지, 시작과 끝부분이 더 선명하고 중천은 희미하다. 마음이 급해진다. 다행히 차에 카메라가 있다. 순환도로 진입구라 한참 가서 차를 세우고 다시 극락강변 다리를 돌아와야 한다. 한참 만에 우산과 카메라를 들고 차에서 내렸을 때 무지개는 아직 사라지지 않았지만, 해가 기울면서 빛도 서서히 소멸되는 중이었다. 급한 마음에 속사로 마구 찍어대고 렌즈를 바꿔가며 이렇게 저렇게 찍어보는 그 와중이 즐겁다. 무지개가 완전히 사라질 때 쯤, 그제야 나는 저녁 약속이 생각났고, 30분이나 늦고 말았다.

가난한 작가가 서점 윈도우에서 갖고 싶은 책을 발견하고는 살까 말까 망설인다. 책을 사면 전차 탈 돈이 없어 먼 길을 걸어가야 하고, 크림도 없는 검은 빵을 먹어야 한다. 해 저물 때까지 우물쭈물 대다가 결국 책을 사서 품에 안고 먼 길을 걸어간다. 그러고는 집에 도착하여 홀로 작고 어둑한 다락방에서 검은 빵을 먹으며 책을 펼쳐 보는, 오직 그 기쁨 하나만으로, 6펜스를 지불하는 '헨리 라이크로프트'처럼.

또는 '햇빛 눈부신 한낮 밤하늘의 별처럼 반짝이는 강물을 바라볼 틈도 없다면, 춤추는 여인의 발이나 눈빛, 이마에서 입술로 번지는 미소, 숲길을 걷다가 다람쥐가 도토리를 감추는 모습을 바라볼 틈도 없다면 그것이 무슨 인생인가?'라고 말하는 시인, 헨리 데이비스처럼.

내가 무지개를 정신없이 찍어대는 행위가 아마추어의 큰 기쁨이며, 책을 사서 걸어가거나, 숲에 멈춰 서서 가만히 바라보는, 말하자면 예술의 시작이 되는 것 같은 행위들, 그것이 그림을 그리는 사람이나 혹은 그림을 보는 사람이나 둘 다 이미 예술의 영역 안에 들어와 있는, 신보다 먼저 우리를 구원할 예술적일지도 모를 그런 것과 유사한 것이기를, 나는 소멸하는 무지개를 향해 빌었다.

연잎차 템플스테이

희노애락의 귀결이 대체로 술집으로 향하는 것을 한 번 끊어 주기 위해 절에 다녀왔다. 그러면 간은 알코올 대신 지방을 분해할 것이고, 장은 설사를 멈출 것이다. 술이 흘러가는 통로를 약간 수리하여 새 술은 새 부대에 담아야 한다.

이번 템플스테이는 생산성이 있어 좋았다. 법성원융 이라든지, 무도무비도 같은 뜬구름 잡는 것이 아니라 내가 만든 100그램의 연잎차를 손에 쥐는 것이니.

실상사 앞뜰에 연잎이 푸르다. 저 잎은 땀을 흘려야 차가 된다. 8월 땡볕에 진흙밭에 들어가 잎을 하나하나 딴다. 그것을 리어카에 싣고 샘물가로 옮겨 씻는다. 마른 천으로 물기를 닦아내고 둘둘 말아 칼로 썬다. 가마솥에 넣고 덖는다. 덖는 것은 기술이 필요해서 주지 스님 몫이다. 불기운이 올라와 온몸이 땀투성이다. 덖는 것과 볶는 것의 차이를 물었더니, 데친 것과 삶는 것의 차이라고 한다. 그것을 볕에 잠깐 널어 두었다가 재차 볶는다. 볶을 때 중요한 것이 솥의 온도다.

"너무 세면 차가 아니라 누룽지가 되어 버리고, 너무 약하면 구수한 맛이 우러나지를 않지요."

저것도 중도인가? 칼끝 위를 걷기보다 어렵다는 중용은 어찌 매사에 불쑥 튀어나올까? 잎은 두어 번 더 볕과 솥을 오간 후에 차가 된다.

물을 끓여 차를 우린다. 색은 푸르누렇고, 향은 은근하고, 맛은 달착지근하고 구수하다. 어디어디에 좋다는 소리는 잊어버렸고, 담배 피우는 사람에게 좋다는 소리만 남았다. 그래봤자 연잎차이지만 손수 따서 마시니 다른 것이다. 더울 때 뜨거운 차를 마시니 더 덥지만, 더 더우니 잠깐 지나면 덜 더운 것이다.

아이들이 좋아했다. 새벽 4시 예불도 잘 참석했고, 일곱 끼의 비빔밥도 남김없이 소화했다. 설거지도 잘하고. 저녁 9시면 곯아떨어졌다. 환경이 그러니 집에서처럼 고집 피울 수가 없다. 스스로 뭔가 얻었을 것이다. 내게는 술을 한번 끊어 주는 것처럼, 아이들에게는 텔레비전과 학원과 숙제와 그들의 고단함을 한번 끊어 주지 않았을까 하는 생각이다. 열 살짜리 딸아이의 손에는 초코하

182

임 대신 연잎차가 들려 있다.

멀리 지리산 천왕봉은 구름에 가려 있다. 사흘간 한 번도 제 모습을 보여 주지 않았다. 보고 싶으면 와서 보라는 것이다.

지공너덜

지하철 공짜로 타시는 지공대사 말고, 진짜 지공대사 指空大師의 흔적이 무등산에 있다. 지공대사는 지하철이 없던 14세기, 서역을 떠나 네팔과 티베트와 중국을 두루 걷고, 고려에 들어온 고승이다. 대사는 성룡이 주연한 〈사학비권〉에 나타나, 원나라 무술대회에서 우승하시고, 군웅이 난립하던 시대 강호를 평정하여 중국 팔대문파의 맹주로 추대된 분이기도 하다.

그의 발자국은 거대한 돌기둥을 병풍처럼 두른 규봉암의 뒤편에 있다. 암자에서 빠져나와 입석대 서석대와 더불어 무등산 3대 주상절리라 불리는 광석대를 우로 돌아, 향 한대를 불사를 만큼 걸으면 갑자기 시야가 툭 트인 곳이 나온다. 그곳이 지공너덜이다. 너덜은 돌이 많이 깔려 있는 비탈이다. 산의 서쪽에 약수가 유명한 곳은 덕산너덜이고, 지공너덜은 동남방으로 거대한 돌의 강을 이루며 약 3킬로미터 아래까지 흩어져 있다.

너덜 한쪽에 석실이 있다. 널찍한 바위를 지붕 삼아 돌로 울타리를 쳐 바람을 막은 세 평 남짓의 작은 공간. 아마도 세상에서 제일 작은 암자일 듯하다. 내부는 방과 마당이 나뉘어 있다. 방은 새집처럼 아늑하고 사람이 살았던 흔적이 있다. 마당에는 풀이 돋아 있고, 나무도 있고, 울타리 너머에 뒷간도 있다. 지공대사가 그 안에서 면벽수도 했다하여 지명이 지공너덜이다.

나는 석실을 보면서 웃음이 나왔다. 꼭 저런 곳에서 해야 득도하나? 평상심이 즉 도이고, 깨달음은 세간에 있다고 하는데, 굳이 돌무덤 사이에 석굴을 짓고, 궁상을 떨어야 하는지, 조금은 유치하지 않은가? 주상절리의 빼어난 절경을 두른 규봉암에서 충분하지 않은가? 큰 바위에 앉아 그런 생각을 했다.

그러다 문득, 너덜, 돌들의 강을 내려다보면서 하나의 생각이 지나갔고, 나는 모든 것을 처음부터 다시보기 시작했다. 그것은 너덜이 강이 아니고 무덤이라는 생각이었다. 돌들의 무덤. 그러니까 저 수많은 돌이 죽어 너부러지기 전에는, 살아 있을 때는 돌들이 서 있지 않았을까?

그것이 우리가 찬탄해 마지않는 주상절리 아닌가? 약 7,000만 년 전에 용암의 분출로 솟아올라 급격히 냉각 되면서 굳어 버린, 거대한 기둥 모양의 바위들. 거기에 틈이 생기고, 수직으로 깎아지른 단애. 그 빼어난 절경에 넋을 잃고 천연기념물로 우러러보는 주상절리.

설악산 흔들바위가 먼지가 되는 겁의 세월이 흐르면서, 높이 솟은 주상절리는 끝내 바람과 중력을 이기지 못하고 쓰러졌을 것이다. 너덜은 주상절리의 무덤이 아닐까? 광석대 뒤편에 광석대보다 더 아름다운 주상절리가 여러 개 있었고, 그것들은 우리가 이름 짓기도 전에 무너져 버려 너덜이 되었다!

지공대사는 그것을 깨달았던 것이다.

"중생들은 모른다. 돌무덤과 돌기둥은 각기 다른 것인지 알았겠지? 하나는 너무나 멋지고, 하나는 너무나 하찮은 것이라고 생각했겠지. 하지만 둘은 같은 것이고, 인연이 갈렸을 뿐이라네." 하면서 법문을 들으러 온 많은 중생을 너덜 바위에 앉혀 두고, 손가락으로 허공을 가리키며 주상절리가 너덜이 된 까닭에 관해 얘기하지 않았을까?

나는 그런 생각을 하며 하산했다.

임제臨濟와 덕산德山은 미혹함에

공연한 방편으로 방棒과 할喝을 썼도다.

돌로 쌓은 계단 무너지거나 말거나

돌로 이은 지붕이 성성하거나 말거나

그저 내버려둘 따름이로다.

　지공의 제자가 남긴 시 한 토막이다. 고승의 방과 할
도 다 부질없는 것이라니. 지공대사, 돌계단 무너지거나
말거나, 내버려두라고 한다.

양계

다산이 강진에 유배됐을 때, 둘째 아들이 양계를 시작했다는 말을 듣고 쓴 편지에 기억나는 한 대목.

이왕 닭을 기르려면 여러 가지 노력을 하여 다른 집 닭보다 더 살찌고 알을 잘 낳을 수 있도록 길러야 한다. 또 닭의 모습을 시로 지어보면서 짐승들의 실태를 파악해보면서 책을 읽는 사람만이 할 수 있는 양계를 해보아라. 만약 이利만 보고 의義를 보지 못하며 가축을 기를 줄만 알지 그 취미는 모르고, 애쓰고 억지 쓰면서 이웃의 채소 가꾸는 사람들과 다투기나 한다면 그것은 못난 양계가 아니겠느냐. 네가 어떤 식으로 하는지 모르겠다만, 기왕에 닭을 기르고 있으니 앞으로 많은 책 중에서 양계이론을 뽑아낸 뒤 하나

하나 정리하여 '계경鷄經' 같은 책을 하나 만든다

면······.

　벼슬을 하다가 서학 때문에 자신은 유폐되고, 자식이
양계로 생계를 잇는다 하니 가슴이 미어질 일이다. 이왕
양계를 하려면 잘 하라면서 이것저것 일러 준다. 양계
를 하면서도 의를 좇고, 닭의 정경을 글로 쓰라고 한다.
나는 이 대목을 읽으면서 웃음이 나왔다. 아비 때문에
벼슬길이 막힌 자식이 바르게 크기를 바라는 마음이
애절하게 다가오면서도 먹물이란 어쩔 수 없구나, 그런
생각도 든다. 닭 기르는 법에 관한 이론을 뽑아서 '계경'
을 지으라니, 자식의 표정이 얼마나 난처했을까?

　이 정도가 되니 18년 귀양살이에 책 500권을 지었을
것이다. 한 올 흐트러짐 없는 그 꼿꼿함과 빛나는 문장
과 인간에 대한 진심어린 마음들. 다산은 그렇게 다가
오지만 오히려 그렇기에 손에 흙을 묻히지 않은 사람들
은 모르는 사대부의 한계 같은 것도 보인다.

신들의 죽음

"여래와 같이 모든 신통력에 달통한 사람은 만일 자신이 희망한다면 얼마든지 이 세상에 머무를 수 있다."

그러나 아난다는 마구니에 사로잡혀 있었기 때문에 부처가 언제까지나 머물러 달라고 청하지 못했다. 부처는 세 차례나 같은 말을 했는데, 아난다는 다 잠자코 있었다. 부처는 차팔라 사당에 머무는 동안 정신을 통일한 삼매 중에 생명력을 포기했다. 그와 동시에 큰 지진이 일어났다. 아난다는 뒤늦게 "오래 이 세상에 머물러 주십시오"라고 간곡히 청했지만, 이미 때는 늦었다.

예수가 체포되던 날 밤에 예수와 그의 제자들은 겟세마네에 있었다. 체포되기 직전, 앞날을 미리 알았던 예수는 홀로 기도를 올렸다. "아버지여, 나의 원대로 마시옵고 아버지의 원대로 하옵소서." 예수가 기도를 올릴 때 제자들은 잠들어 있었다. 군중이 들이닥치자 배신자 유다가 스승인 예수에게 입맞춤했는데, 그것은 누가 예수인지 군중에게 알려 주려는 신호였다.

죽음이 임박한 제갈량은 사마의와 오장원 전투를 앞두고 이렇게 말한다.

"갑옷을 입은 군사 49명에게 각기 검은 깃발을 들게 하고 검은 옷을 입혀서 장막 밖에 둘러서게 하오. 나는 북두北斗께 기도를 올리겠소. 만일 7일 동안 주등主燈이 꺼지지 않으면 12년을 더 살 것이고, 등불이 꺼지고 만다면 목숨을 연장하지 못할 것이오."

그러나 여섯 날째 밤, 장수 위연이 적의 침입을 알리려 황급히 들어오다 그만 주등을 꺼뜨리고 만다.

저 때 아난다가, 유다가, 위연이 그렇게 하지 않았더라면! 하는 곡진한 탄식이 터져 나오게 하는, 아난다의 무명無明, 유다의 배신과 베드로의 부인否認, 위연의 실수! 영생불멸의 신들이 인간의 그 하찮은 어리석음 때문에 죽음을 맞이해야 하다니! 안타깝게도 신들의 육신은 그렇게 우리 곁을 떠나고 말았으니. 오, 신들의 죽음은 얼마나 문학적인가.

깨달은 자

꼭두새벽, 동이 틀까 망설이고 있다. 산과 하늘은 아직 흑백이고, 희미한 곡선 하나가 둘 사이로 흐른다. 실상사實相寺 마당에는 가을 별빛이 내려와 소곤거리고 있다.

제자 손을 공손히 하고 묻는다.

"스님, '삼베 세근'은 무엇이며, '뜰 앞의 잣나무'는 무슨 뜻입니까."

스승 뒷짐 지고 말이 없다.

"도대체 깨달음은 무엇이고, 깨달은 자는 어떤 형상을 하고 있는지? 가슴이 터져 버릴 것 같습니다."

스승이 그제야 답한다.

"정천각지頂天脚地." (머리는 하늘을 향하고, 다리는 땅을 딛고 있다.)

"머리와 하늘은 꿈과 이상을 말함이고, 다리와 땅은

현실과 고통을 얘기하는 것인지요?"

"안횡비직眼橫鼻直." (눈은 가로로 찢어지고, 코는 세로로 서 있다.)

"눈으로 좌우를 두루두루 살피고, 코로는 어쩐다는 뜻인지……"

"반래개구飯來開口." (밥이 오면 입을 열고.)

"……"

"수래합안睡來合眼." (잠이 오면 눈을 닫는다.)

"……"

제자, 입이 벌어져 말을 잇지 못한다.

"우리는 하루의 어디에 서 있느냐?"

"밤에서 아침으로 가는 새벽에 서 있습니다."

"그래? 그러면 새벽을 한 그릇 가져오너라."

"……"

"어디까지가 밤이고, 어디까지가 아침이냐?"

"……"

"잠이 안 오냐?"

"예, 안 옵니다."

"그럼 눈 뜨고 있고, 배는 안 고프냐?"

"고픕니다."

"그러면 입을 벌려 밥 먹으러 가자."

'정천각지 안횡비직 반래개구 수래합안' 열여섯 글자는 실상사 전각 주련에 쓰여 있는 글귀다. 절에 가면 도법 스님이 간혹 뜻을 풀어 준다. '배고프면 먹고, 잠 오면 자는, 사람이 서 있는 모양'을 저렇게 어렵게 써 놓았다. 그러나 새겨보면, 세상에 깨달음이 따로 있지 않고, 행복과 불행이 다름 아니며, 기쁨과 고통 또한 그러하니, 헛것 좇지 말고 바로 지금 곁을 돌아보라는 깊은 뜻이 된다.

5장

손가락 사이로 왔다가
발가락 사이로 빠져나가는

세월은 아침에 세수하는 손가락 사이로 왔다가
저녁에 양말을 벗는
발가락 사이로 빠져나가 버리고 없다,

주자청처럼.

그 사이에 숨 한번 쉬고, 땀 한번 닦고,
웃고, 양말 벗기 전에 술 한 잔 하고,

오늘처럼.

그림 한 점

나는 그림을 잘 모른다. 그리는 것은 말할 것도 없고, 보는 것도 어렵다. 초등학교 때 우산을 그렸는데 선생님이 버섯이냐고 물은 적이 있다. 나는 자를 대고 사각형을 그려도 네 각이 직각이 되지 않고 각각 다르다. 나는 그때, 타고난 저마다의 소질 중에 그림은 내게 없다는 사실을 알았다.

'시는 말하는 그림이요, 그림은 말없는 시'라고 이미 기원전에 그리스 철학자가 해버린 이런 멋진 말, '야수파의 특징은 강렬한 원색의 터치'라거나, 교과서에 나왔던 마티스와 고흐 그리고 화가라면 이 정도의 이름은 가져야 할 것으로 생각되는 르느와르, 모딜리아니, 그런 이름은 기억하고 있지만 그림 그 자체에서 아름다움을 느낀 적은 거의 없다. 딱 한번 오스트리아 벨베데레 미술관에서 〈성 베르나르 협곡을 넘는 나폴레옹〉을 볼 때,

마치 말러의 교향곡을 듣고 온몸이 감전된 것처럼 전율을 느끼면서 경이로운 감정에 사로잡혔는데, 백마가 앞발을 들고 있는 그것은 중학교 『동아전과 완전정복』에 나오는 표지 그림이었다.

그림은 첫눈에 느낌으로 오지 않았다. 내게 그림은 해석된 상태로 들어왔다. 마티스가 야수파이며 강렬한 원색의 터치를 한다거나, 제리코의 〈메뒤즈호의 뗏목〉이 삼각 구도로 그려진 프랑스 낭만주의 대표작이라거나, 고갱의 슬픈 생애가 따라오는 〈타이티의 여인들〉, 그런 식으로 그림 그 자체에 대한 감흥은 일지 않고 해석을 듣고 나서야 그림이 약간 보이는, 말하자면 느낀다기보다는 이해된다는 편이 더 맞을 것이다. 1970년대 우리에게 미술은 예술이 아니라 암기 과목이었다.

팔순 노모가 '한희원 미술관'에 가자고 해서 다녀왔다. 광주 양림동에 있는 작은 미술관, 한희원은 내가 이름을 알고 있을 정도니까, 꽤 유명한 서양화가다. 거기서 노모는 그림을 한 점 골랐다. 4호짜리 적당히 작은 그림. 강렬한 색의 붉은 장미가 하얀 꽃병 위에 담겨 있는 유화였는데, 계속 덧칠이 되어 물감의 두께가 1센티미터는 돼 보였다. 대여섯 점의 소품들 가운데는 나무와 집이 있는 거리, 예배당이 있는 양림동의 풍경 그런 것들이 좋아 보였다. 노모가 고르자, 화가는 그림을 싸주었다.

이것은 어인 영문인가? 어머니는 몇 달 전에 혼자 이곳에 다녀갔다. 얇은 봉투 하나를 내밀면서, 내가 죽기 전에 당신 그림 꼭 한 점만 갖고 싶다면서 부탁을 하고 갔던 것이다. 봉투 속에는 내가 드린 하숙비, 자식들이 준 용돈 등을 조금씩 모은 돈이 들어 있었을 것이다. 나는 그 안에 얼마가 들어 있었는지는 묻지 않았다. 한희원의 그림은 평범한 양림동의 이런저런 모습을 담고 있었는데, 모르고 봐도 뭔가 아련했다. 초겨울 해가 진 뒤의 어둑어둑한 거리, 저 모퉁이를 돌아 집에 도착하기 바로 전에 흐린 가로등 담 밑에 잠깐 서서 막걸리 트림 한번 하고, 오줌 한번 누고, 담배 한 대 피우는, 삶의 신맛이 올라오는 그런 시간을 그린 듯했다.

집에 오자마자 시멘트 못을 찾아 못질을 하고는 텔레비전 위에 그림을 걸었다. 엄니가 "그림이 시 같지 않냐, 좋지?" 하시기에, 그런 것 같다고 했다. 나는 깡통 맥주를 한잔 마시면서 그 붉은 꽃 그림을 계속 쳐다봤는데, 풍경화가 아니어서 그런지 잘은 모르겠고 알 수 없는 뭔가 흐뭇한 느낌은 자꾸 들었다.

나는 그러면서 그림에 대해 뭔가를 깨닫기보다는 소품 하나 그림을 사는 그 행위가, 차비를 아껴 음반을 사 들고 먼 길을 걸어오듯이, 예술가가 아닌 사람들에게는 없는 돈에 그림 하나 사들고 집에 와서 쳐다보고, 또 쳐다보고, 만져보고, 상상하고 하는 그 행위 자체가 예술이구나, 그런 생각이 들었다.

음악회

42년 차이 나는 딸아이와 둘이서 음악회를 다녀왔다. 참 오랜만의 일이다. 전에 강북 살 때 근처 문예회관에서 소략한 모차르트 〈마술피리〉를 가서 본 것이 몇 년 지났지 싶다. 나는 모자를 쓰고 아이는 학원 가방을 맨 채로 둘이 손잡고 가는 길, 아이가 팔짝거리며 좋아한다. 늦둥이가 중학생이어서 둘이 다닐 때 꼭 모자를 쓰고 다니는데, 모자를 벗으면 조부님으로 보기 때문이다. 나는 해마다 한번이라도 음악회에 다녀보고 싶었다. 그러나 사는 것이 바빠 늘 밀쳐지고 말았다.

금년에는 잊지 않고 마음먹은 것이, 뒤늦은 크리스마스 전야 베토벤 〈합창〉 하는 데 어디 없나? 이리저리 찾아보다가 27일 예술의 전당 KBS 교향악단 749회 연주회에 그것이 걸려 있다. 급히 들어가 보니 B석 딱 두 장 남아 있는 것이 아닌가. 나는 애초에도 좀 소소한 예산으로 가려고 했는데 1인당 3만원 B석, 적당하다. 3층 박스 7, 무대를 바라보고 좌측 끝이다. 우리는 음악을 모노로 듣겠구나, 하였다. 의자에 등을 대고 앉으면 난간 너머로 지휘자가 간신히 보이고, 사각형의 오케스트라 무대는 삼각형으로 잘려 절반만 보였다. 몸을 쑥 앞으로 내밀어야 전체가 보였다.

프로그램은 번스타인 〈치체스터 시편〉과 〈합창〉. 치체스터는 맨체스터, 윈체스터 하듯이 영국 남부 중세풍의 작은 도시다. 거기 성당 신부가 번스타인에게 의뢰해서 쓴 것이 〈치체스터 시편〉이라 한다. 처음 듣는 곡, 생소했다. 저 천장 끝으로 보이소프라노의 매우 높은 음들이 날아다닌다. 말러의 느낌도 좀 나고. 미사가 시작되어 이 노래가 끝나면 바로 설교가 이어질 것 같은 느낌의 곡들. 이 연주회는 루마니아 출신 지휘자 요엘 레비의 고별 무대라고 한다. 그의 〈합창〉은 안정되고 세련된 느낌을 주었다. 빈 필처럼, 혹은 가디너처럼. 아이는 난간에 턱을 받치고 열심히 듣는다. 아까 〈시편〉과는 딴판이다. 이것이 베토벤의 힘인가 싶다. 〈3악장 안단테 칸타빌레〉를 들을 때마다 나는 김영랑이 생각난다. 하늘을 나는 듯한 선율이 '돌담에 속삭이는 햇발' 같거나, '풀 아래 웃음 짓는 샘물' 같다는 생각. 영랑의 싯구를 소리로 만들면 저런 음악이 되지 않을까 그런 생각도 든다. 장엄하고 심장의 박동이 빨라지고, 격랑처럼 굽이치다가 드디어 환희에 도달하는 피날레. 한 시간가량 고개를 빼고 들었더니 허리가 아파온다. 아이는 꼼짝도 않고 그 자세 그대로 듣고 있다. 음악에 빠져든 듯하다. '하, 이건 완전 성공인걸.' 다소 주위가 산만한 편인데 이렇게 열중하는 것은 처음 본다. 고별 무대의 음악이 다 끝나고 지휘자는 단원 모두에게 악수하며 돌아다니는 중, 내가 나가자고 하니, 다 보고 가자고 한다.

"처음에는 무섭더니 나중에는 나한테 무엇이 막 달려드는 기분이 들었어. 엄청나게 감동했어. 다음에 또 오자." 손을 잡고 나오는 아이의 말. 베토벤은 역시 그렇다. 특히나 〈합창〉인 바에야. 나는 코리아 전라도 해남 사람으로서의 아주 날것 그대로의 감정으로 베토벤 〈합창〉을 해석해 보고 싶었었다. 지금은 열정이 식어 버린, 다 지나간 옛날이야기지만. 우리는 콘서트홀을 배경으로 사진을 찍었다. 나는 좀 좋은 앞자리 가운데 나란히 앉아 구경시켜 주지 못한 형편이 약간 서운했다. 1년에 두 번 정도는 데리고 다녀야겠다는 생각이 든다. 지금 중학생이라는 것이 학교와 학원과 과외를 뺑뺑 돌면서 속으로 얼마나 찌들고 고생하는지, 베토벤은 이 가냘픈

시간들을 잘 견디어 가도록 작은 위로가 되지 않았겠나
싶다.

생애 첫 데뷔

2007년 1월 어느 날, 그러니까 참여정부가 막바지로 가던 때다. 광화문에서 151번 버스를 타고 집으로 가는데 이렇게 봉급쟁이로 하루하루 늙고 마는 것인가, 허망한 생각이 들었다. 성신여대 근방을 지나가다가 창 너머 길 안쪽에 '줄리아니 기타학원'이라는 간판이 보였다. 집은 더 가야 하지만 거기서 내렸다. 20년 전에 나는 클래식 기타를 배우다가 한 달을 못 넘기고 그만둔 기억이 있다. 그 길로 학원에 들어가 초급 10만 원에 등록을 하고 그날부터 배웠다.

40대 중반에 악기를 배우는 것이 쉬운 일은 아니었다. 신이 내게 고급 기타 실력을 주는 대가로 1,000만 원을 요구한다면, 대출을 받아서라도 내고 싶었다. 나는 그런 결심을 했다. 학원에 1,000만 원어치를 다니자. 신에게 내는 셈 치고, 학원 선생에게 할부로 1,000만 원을 내자. 그러면 7~8년은 다닐 것이다. 무조건 월사금을 1등으로 내자. 그러면 끊어지지는 않을 것이다. 학원을 한 달에 한 번 간 적도 있었지만, 어쨌든 월사금은 1등으로 냈다. 열심히는 아니어도 꾸준히는, 한 4년을 다녔다. 그래도 조금씩 늘어 몇 곡은 연주할 수 있게 되었다. 한 곡이 매끄럽게 나오는 것을 처음 듣는 사람은 좋아하지만, 그 과정을 들어야 하는 가족들은 괴롭다. 그래서 방에 들어가 문 닫고 혼자 연습해야 한다.

가끔 기타가 있는 술집에서 몇 곡 연주해보고, 박수도 받고 우쭐하다가, 그러다가 또 시들고, 바쁘다는 핑계로 저만치 밀쳐 두었다가, 그러면 외운 것도 다 잊어먹는다. 학원에 다닌 시간들, 집에서 핀잔을 들으며 고독한 연습을 했던 시간들이 너무 억울해서 몇 곡의 레퍼토리 현상 유지는 하려고 일주일에 두어 번 연습을 하고는 했었다. 그러다 우연한 기회에 생애 첫 데뷔를 하게 된 것이다. 한 달 전쯤에 작곡하는 후배 교수님이 대중 앞에서 '봉사' 한번 해보지 않겠냐고 제안을 해서 불감청 고소원이기도 하고, 버킷리스트이기도 해서 덥석 하겠다고 했다. 나는 그 순간부터 후회하기 시작했다. 미국의 정상급 피아니스트였던 세이모어 번스타인은 무대에 서는 불안감과 긴장감을 극복하기 위해 하루

4시간의 연습량을 8시간으로 늘렸다고 했다. 나는 '가끔 20분'의 연습량을 '자주 30분'으로 늘렸다.

그리고 '아름다운가게 헌책방 용봉점'에서 '이른 아침 밀려드는 젖은 안개처럼'이라는 제목으로 열린 구월 책방음악회에 기타 주자로 참여했다. 관객은 아이들과 엄마들 50여 명. 바이올린과 바리톤과 첼로의 프로들 사이에서 생 아마추어인 내가 클래식 기타를 들고 연주하는 것은 너무나 무모한 일이었다.

내 차례가 다가올 때까지 나는 몇 번이나 들락거리며 담배를 피워 댔는지 모른다. 등과 손에 식은땀이 흐르고, 손가락 마디마디에 힘이 빠져나가 구부러지지도 않았고. 전에 유튜브에서 봤던 아마추어들의 기타 발표회 영상이 떠올랐다. 몇 소절 잘 나가다가 갑자기 화이트 아웃이 되어 중간에 일어서서 죄송하다고 인사하고 내려오는, 내가 그 지경까지 가서야 되겠는가! 오직 그것은 막아야겠다는 생각뿐이었다. 10여 분, 소품 3곡을 연주했는데, 어떻게 했는지 지금도 생각나는 것이 별로 없다.

다시는 그런 긴장감, 불안감에 휩싸이는 자리에 가지 말자고 하면서도 속으로는 기쁘기도 했다. 그나마 좀 나은 것이 세 번째 곡 〈빗방울〉이었다. 박수 소리는 예상보다 컸다. 잘했다고 치는 것이 아니고 포기하지 말라고 쳐 주는지 내가 안다. 뭔가 한 수 는다는 것이 이렇게 힘들다.

전신

전신煎神, 내 별명이다. 전을 귀신같이 잘 부친다는 뜻이다. 제사 때 통상 전을 붙잡고 서너 시간 씨름하지만, 나는 1시간 남짓이면 끝낸다. 그렇다고 날림이냐? 그러면 전신이겠는가?

몇 해 전 엄니가 온갖 아픈 부위를 열거하면서 제사에 대해 화이트아웃을 선언했을 때, 각시의 표정이 굳어졌다.

"내 힘으로 더는 제사 지내기가 힘들다. 내년부터 서울로 모셔 가거라."

"……."

난처한 침묵을 깨고 "그렇게 할랍니다" 하고 내가 끼어들었다.

"당신이 뭘 안다고 그래?"라는 소리가 뒤따랐다.

우여곡절 끝에 각시와의 별도 협상에서 양자는 세

개 항에 합의했다.

'제사 당일 월차를 낸다. 모든 전은 내가 부친다. 설거지도 내가 맡는다.'

월차는 내면 되는 것이고, 설거지를 해결하기 위해 나는 목기 대신 스테인리스 제기를 45만원 주고 장만했다. 몰아넣고 씻어 버리면 그만이다. 문제는 전이다. 제사는 전이 절반이다.

나는 전에 관해 탐구했다. 전은 불 조절이 핵심이다. 팬에 막 넣었을 때는 온도가 높아야 한다. 손에 열기가 전해질 때 기름을 충분히 두르고 밀가루와 달걀을 입힌 것들을 투입한다. 조금 기다려 불을 약간 낮추었다가 표면의 물기가 거의 마르면 뒤집는다. 그리고 살짝 눌러 준다. 이때 불을 약간 올렸다가 잠시 후 바로 줄여야 한다.

대형 팬 두 개로 전을 부치는데 검은 바닥이 안 보일 정도로 쫙 깐다. 왼손으로는 불 조절하고 오른손으로 쉴 새 없이 뒤집는다. 노릇노릇하면 즉각 꺼내고 바로 그 자리에 다시 투입하고, 뒤집고……

나는 통상 연간 4~5회 전을 부친다. 대개 육전, 해물전, 명태전, 굴전, 파래전 하여 5종이다. 하도 잘 부치니까 제사 때만 부치던 것을 명절 때도 부치게 되었다. 육

213

전 노하우를 하나만 전하면, 고기를 뜰 때 쇠고기가 약간 언 상태에서 2밀리미터 두께로 잘라 달라고 해야 전 지지기에 제일 좋다. 뻣뻣할 때, 밀가루와 달걀을 잘 입힐 수 있다. 먹기도 좋고, 빨리 익는다.

어느 순간 가족이 놀라기 시작했다. 남보다 두 배 빠르니까 놀라는 것은 당연하다. '그새 다 지졌냐?'와 '전 집 차려도 되겠다'는 말이 내가 제사 때 많이 듣는 말이다. 저분들이 저렇게 말씀하시는 것은 앞으로도 전을 계속 부치라는 뜻이다.

제사는 그렇게 광주에서 서울로 안착했다. 한 5년 전을 지지니 이골이 났다. 역시 갈등 속으로 깊이 들어가야 문제가 풀린다. 낼모레가 기일이다. 나는 좀 더 창의적인 전을 구상하고 있다. 학교로 치면 졸업할 때가 온 것이다. 인상파에 반발하여 포비즘이 태어난 것처럼, 기존 질서에서 벗어난 나만의 전은 어떤 것일까? 아! 아직은 벅차다. 조상님들이 그런 내막을 아실까?

고갱

나는 도무지 고갱의 삶을 이해할 수 없었다.

고갱은 가난했다. 고갱이 한살 때 아버지는 페루로 이민 가던 배 안에서 죽었다. 가족은 페루에서 5년을 살고 파리로 귀향했다. 청년은 돈벌이를 위해 배를 타기도 했다. 23세에 은행에 취직하면서 삶은 안정됐다. 이듬해 덴마크 여자와 결혼했다. 자식 다섯을 낳고 풍족하게 살았다. 그 무렵부터 그림을 틈틈이 그렸다. 회전의자에 앉아 허리를 돌릴 때보다 그림 그릴 때 행복했다. 하지만 아마추어 취급을 받았다.

그는 화가의 길을 걷기 위해 사표를 던졌다. 저축한 돈과 그림을 팔면 살 수 있을 것 같았다. 저축은 곶감처럼 사라졌고, 그림은 팔리지 않았다. 가족과 덴마크로 갔다가 혼자 파리로 돌아왔다. 그림을 그리고, 고흐와 만나 그림 얘기를 하면서 30대를 보냈다. 43세에 타이티로 간다. 거기서 훗날, 표현주의의 새 지평을 연 그림들을 그린다. 그림, 〈수다를 떠는 브르타뉴의 여자들〉에 등장하는 여자들의 입은 수다를 떨지 않고 닫혀 있다. 얼굴은 심각하다. 대신, 하얀 고깔과 빨강 초록의 앞치마, 연두색 잔디, 푸근한 대지의 색깔, 그런 것들, 말하자면 색이 수다를 떤다는 것이다. 표현주의가 그렇다고 한다.

가난과 병고에 시달리면서 3년 동안 그린 그림을 들고 파리로 돌아왔지만 사람들은 〈사물이 말하는 수다〉를 알아보지 못했고, 거들떠보지도 않았다. 47세에 다시 타이티로 갔다. 뱃삯이 없어 갖고 있던 그림들을 헐값에 처분했다. 자기 예술을 몰라주는 프랑스가 지긋지긋했다. 타이티섬의 아름다운 풍경과 춤추는 사람들을 그렸다. 거기서 7년을 살고, 더 먼, 마르키즈 제도 히바오아섬에서 홀로 오두막을 짓고 아무 가진 것도 없이, 오직 붓 하나 들고 살다가 눈을 감았다. 향년 55세, 그섬의 공동묘지에 묻혔다.

화가 친구에게 물었다.

"나는 도무지 고갱의 삶을 이해할 수가 없네. 왜 그렇게 살았을까? 예술도 좋지만, 너무 비참하지 않은가?"

"그것이 그렇다네."

"다른 건 좋아, 까짓것 어차피 한세상 자기 하고 싶은 것 하면서 살면 좋지. 그림이 좋아서 은행 때려치운 건 이해가 돼. 근데 말이야, 저 남태평양으로 두 번째 떠난 건 납득할 수가 없네."

"글쎄, 흔치 않은 삶이지."

"그 양반 그림을 누가 알아주나? 사후에야 유명해졌지만 그게 무슨 소용이 있나? 은행 경력도 있겠다, 금융계에 다시 취직해서 평범하게 살지, 그림도 틈틈이 그리고, 뭐 하러 이역만리 태평양으로 가느냔 말이지. 죽을 땅으로."

"고갱은 은행 그만두고 시간이 많은 보험회사에 들어가기는 했어. 결국 2년 버티다 거기도 사직하고 말았지만. 누가 알아주느냐고? 누가 알아주고 말고는 그리 중요한 문제가 아니라네, 예술가는 자기가 알아."

"뭘?"

"이것이 작품인지 아닌지를, 내가 그리려고 했던 것이 무엇인지를, 이것은 새로운 무엇이며, 내가 그토록 갈망하던 것인지 아닌지를, 누가 잘 그렸다거나 못 그렸다거나 그건 별 의미가 없어. 내가 가장 먼저 알지. 고갱은 거기서 뭔가를 찾았을 거야."

"니체처럼 말인가? 신에 구속되어 있는 바보 같은 놈

들, 너희가 나를 해석하려면 하나의 국가기관이 필요할

거야, 라고 말했다는."

"고갱은 거기서 혼자 새로운 시대로 가는 징검다리를

놓았지 않나. 그림 속의 주인공들이 입으로 수다를 떠

는 모습을 그리지 않고, 강렬한 색깔을 대비시켜 색채로

수다를 떠는 듯한, 파리의 화가들은 아직 도착하지 못

했던 표현주의, 그렇게 신세계를 열었지. 고갱이 가난과

질병에 시달리며 비극적 삶을 마친 것 같지만, 아마도

화가로서 고갱은 행복하게 눈을 감지 않았을까 싶네."

"나는 오직 춤출 줄 아는 신만을 사랑한다. 그런 건가?"

"파리는 고갱이 죽고 나서야 고갱을 알아보고 열광하

지. 예술가의 삶이 그래. 자기 방식대로 춤을 추며 사는

것, 새처럼 자유롭지만 고독하지……."

중년, 클래식으로의 귀의를 권하며

'70년대 어느 흐린 가을 저녁, 궁핍한 시대의 한 길모퉁이 전파사 라디오에서 크레셴도로 흘러나오는 말러 〈교향곡 2번 부활〉을 들었을 때, 나는 흡사 감전되듯 온몸이 전율하며 그 자리에 그대로 얼어붙고 말았다.'

내게 클래식은 이런 식으로 오지 않았다. 저것이 선천적으로 오면 천재이고, 후천적으로 오려면 적어도 10년은 걸린다. 말러처럼 탐미적 질병 같은 음악은 중독되었을 때 비로소 저 경지에 이른다. 장삼이사에게는 말러의 서정적 아다지오라 하더라도 그냥 오지 않는다. 긴 세월의 숙성 기간이 지나야 비로소 나비처럼 나풀나풀 다가오는 것이다.

내게 클래식은 멘델스존(1809~1847)의 이야기 속에서 왔다. 멘델스존은 함부르크 부유한 유대인 은행가의 아들로 태어나 38년의 짧되, 풍요로운 삶을 마쳤다. 그래서 그의 음악은 부드럽고 따스하다. 그는 17세 무렵 이탈리아 여행을 떠났는데 거기서 보고 느낀 것들을 우편엽서에 적어 누이에게 부쳤다. 봄의 노래, 베네치아의 뱃노래, 흰 구름, 오월의 미풍 같은 것들이다.

17세의 감수성이 오월과 바람과 구름 같은 것들을 만났을 때, 감흥이 일기 시작하며, 무언가를 적어 가족에게 보내는 것은 당연한 일이다. 그런데 엽서를 독일어로 보낸 것이 아니라, 콩나물로 보낸 것이다. 여기서 나는 '흡사 감전되듯 온몸이 전율하며 그 자리에 그대로 얼어붙고 말았다.'

글을 음표로 쓴다니! 그것은 충격이었다. 오, 나의 17세는? 코카콜라 광고는 정확히 17세를 겨냥하고 있으므로 나는 그때 콜라를 마시고 있었던 것이다!

이 사람들 노는 방식이 다르구나! 언어가 아닌 콩나물로 그들은 웃고 속삭이며 우리가 몰랐던 다른 세상의 언어로 소통하고 있었던 것이다. 2세기 전에, 아니 1,000년 전부터. 가까이 가보자, 저들은 어떻게 얘기하는지!

그것은 '돈오'였다.

모차르트는 곡을 쓰다 막히면 허공에서 한 조각을 베어 온다고 하고, 독일의 어느 의사는 감옥에서 악보를 보고 눈물을 흘렸다고 하고, 베토벤은 음악을 신의 언어라 하며 어느 새벽 신에게 전해들은 소리들을 음표로 바꿔 인간에게 전달하는 일을 하고 있다고 하는, 선사들의 무용담이 줄을 이었으니⋯⋯.

그 동네 기웃거린 지 20년이 넘었다. 음반 사랴, 오디오 사랴, 진공관이 어쩌고 TR이 어쩌고, 황학동을 헤매고, 교보의 회원 등급도 올라가고⋯⋯. 그래서 이런 봄날 멘델스존의 〈무언가〉 중에서 〈봄의 노래〉를 들으면 눈을 감고 젖어 들며 베토벤의 〈바이올린 소나타 5번 봄〉을 듣기 위해 앰프를 예열하는 50대에 도착했다. 음악은 종일 비를 맞은 것 같은 축축한 외로움을 덜어 준다. 낭만주의 피아노 소품의 정수, 〈무언가〉 49곡을 하나씩 들으면서 멘델스존을 따라가면, 클래식의 입구에 다다를 수 있다.

무엇이 전해지는 순간

어느 날 한 학승^{學僧}이 경청화상을 찾아와 말한다.

"저는 때가 무르익어 껍질을 깨뜨리고 나가려는 병아리와 같습니다^{學人啐}. 스승께서 껍질을 쪼아 탁 깨뜨려 주십시오^{請師啄}."

그 말을 듣고 경청화상이 "과연 그래 가지고도 세상살이를 할 수 있을까, 어떨까?"라고 답한다.

스님은 "내가 만약 살지 못한다면 스승인 청사께서 세상의 웃음거리가 되겠지요?"라고 한다.

경청은 "이런 고얀 놈" 하고 꾸짖었다.

불교 선^禪 문학의 진수인 『벽암록』「제16칙」에 나오는 내용이다. 사제 관계를 표현할 때 흔히 쓰는 '줄탁^{啐啄}'의 출처다. 줄은 '부를 줄^啐', 탁은 '쫄 탁^啄'이다. 계란이 병아리로 거의 다 커서 하나의 생명체로서 세상에 나가려 한다. 혼자 힘으로 부치니 누군가의 도움이 필요하다. 그 신호가 '줄'이다. 어미 닭이 순간, 감지하고 껍질을 탁 쪼아 줘야 한다. 조금 이르거나 늦으면, 속의 것은 미숙한 채로 또는 질식하여, 세상에 나올 수 없게 된다. 정확한 순간에 쪼아 주는 것이 '탁'이다.

제자(학승)가 "나는 '줄'의 준비가 되어 있다"고 말한다. 스승(경청)은 "너는 아직 멀었다"고 답하는 것이고. 제자는 다시 "내가 당신의 도움으로 깨닫지 못한다면 당신의 실력도 별 것 아니니 웃음거리가 될 것 아니냐"고 따진다. 거기에 스승이 "예끼, 멍청한 놈"이라고 답하는 것.

스승은 "'줄'의 준비가 되어 있다"는 제자의 말에 아직 준비가 되어 있지 않음을 안다. '줄'은 드러나는 것이지, 말로 되는 것이 아니라고 『벽암록』은 말하고 있다.

설익은 과일을 따면 떫다. 농익은 과일은 제때 따주지 않으면 썩는다. 알 듯 모를 듯 손에 잡히지 않는 어떤 느낌. 무엇이 전해지는 순간, 무언가를 깨닫는 미묘한 순간은 말 밖에 있다.

수연성

    수필隨筆이 '붓 따라'이니, 수연隨緣은 '연 따라'이다. 인연 따라 이룬다는 수연성은 본래 '불수자성수연성不守自性隨緣成'으로 일곱 자인데, 뒷 석 자만 뗀 것이다. 자기 본성을 고집하지 않고, 인연 따라 이룬다는 말이다. 의상대사의 『법성게法性偈』에 나온다.

    직역은 쉽지만 의역이 어렵다. 대충은 알아도 손에 잡히지는 않는다. 섣불리 관념어를 들어 설명하면 더 어려워진다. 입속에 밥이 쏙 들어오듯이, 도법 스님의 설명이 탁월하다.

    "자, 물이 흐른다. 저 산꼭대기에서 발원하여 계곡과 시내를 이루고 들을 적신다. 물이 논으로 들어가면 쌀이 되고 밭으로 들어가면 콩이 된다. 인연 따라 어디론가 흘러들어 가서 보리가 되기도 하고, 깨가 되기도 한다."

    물의 자성은 물이나, 꼭 물로 존재를 고집하지 않는

다. 인연 닿는 곳에서 벼와 콩과 보리를 키우고, 그 알곡의 수분으로 스며들어 결국 알곡 그 자체가 된다. 또한 떡을 치면 떡 속으로, 메주를 쓰면 메주 속으로, 쥐어짜면 콩기름 속으로. 저것들이 내 입속으로 들어와 나를 키우고, 결국은 내가 되고, 인연이 다하면 오줌으로 이별하여 다시 물로 돌아가는 것이니!

저 산꼭대기 물이 자성을 고집하지도 않고 본성을 잃지도 않으면서 인연 따라 내게 오는 것처럼 세상 만물이 그물코로 얽히고설켜 나와 무관한 것이 하나도 없다는 것을, 스님은 손에 잡힐 듯 설명했다.

"이것이 있음으로 저것이 있고, 이것이 멸함으로 저것이 멸한다. 그러니까 봄부터 소쩍새가 그렇게 울었던 것과 가을에 국화꽃 한 송이가 피어난 것도 가만 보면 서로 무관하다고 할 수 없는 거라."

이 명쾌함! 스님의 법어에 나는 합장의 예를 올렸다.

마지막 사중주

"현재 시간과 과거 시간은 둘 다 아마도 미래 시간에 현존하고, 미래 시간은 과거 시간에 담겨 있으리라."

영화 〈마지막 사중주〉를 봤다. 거기서 흘러나온 첫 문장이다. 깜짝 놀랐다. '저것은 연기론緣起論 아닌가! T.S. 엘리엇의 시! 연기론이 왜 저기서 나올까?'

시인은 베토벤 〈현악 4중주〉를 듣고 『네 개의 사중주』를 썼다고 한다. 『황무지』와 더불어 노벨문학상을 받은 작품이었다. 애초에 '생명이 싹트는 4월이 잔인하다'는 그 역설이 범상치 않았다. 하버드 대학 철학과 시절 수강 과목 대부분이 인도불교 과목이었다는 사실은 처음 알았다. 모태는 청교도였고, 『황무지』를 쓰던 1922년은 불교도였고, 그 후 가톨릭으로, 종교의 경계를 넘나드는 철학자였다는 사실도 영화를 보고나서야 알았다.

모름지기 산다는 것은 한껏 자유로워야 하리. 종교며,

문학이며, 철학이며, 그런 것들에 걸림이 없어야 하리. 책을 사려고 뒤져봤으나 절판된 지 오래였다. 세상에 교보에 엘리엇의 시집이 단 한 권도 없다니!

시는 동서양의 연기론과 존재론을 휘젓고 다녔다.

"모든 시간이 영원히 현존한다면 모든 시간은 구원받을 수 없다. 있을 수도 있었던 것은 하나의 영원한 가능성으로 남아 있는 하나의 추상이다. ……그 끝이 그 시작 앞에 있고, 그 끝과 시작이 그 시작 이전과 그 끝 후에 항상 있었다고 말할 수 있으리라. 모든 것은 영원한 현재다."

바그너가 베토벤의 위대함을 말할 때, 〈교향곡 9번 합창〉과 〈후기 현악사중주〉를 꼽는다. 〈현악사중주 15번〉, '병에서 나은 이가 신에게 바치는 감사의 노래, 리디아 선법에 의함'이라고 악보에 적어 놓은 〈15번〉은 나도 좋아하는 곡으로 맑고, 발랄하고, 매우 유명하다. 그런데 영화에서는 왜 〈14번〉이었을까? 중간에 멈추지 못하고 쉼 없이 7악장을 연주해야 하는 〈14번〉! 늙은 첼로 주자가 '동료의 연주 속도를 도저히 따라갈 수 없어서' 연주를 끊고 일어나 객석으로 걸어가고, 새 주자가 첼로를 들고 무대로 들어설 때, 그 빛나는 교대의 순간에 영화는 우리에게 답을 준다. 하나의 깨달음처럼!

'저렇게 미리 교대해야 끊어지지 않는 거야! 끊어 놓고 사람을 교대해야, 음악이 끊어지지 않지! 늙은 하나가 가고, 젊은 하나가 오고, 그래야 영원한 현재가 가능한 거야!'

가을처럼 좋은 영화다. '잡지의 표지 같은' 삶의 슬픔과 통속함 위에 빛나는 음악이 있으리니!

절터

얼음이 빠져나간 봄의 흙은 들뜬다. 그 빈 통로를 따라 씨는 싹을 틔운다. 들은 보리 싹으로 푸르다. 고사리는 고사리손을 내밀고 있고, 봉분의 한 귀퉁이는 움푹 꺼졌다. 겨울이 무너진 자리에 삽으로 흙을 떠다 메운다. 억센 것들은 낫으로 베고, 나는 흙과 술 위에 절을 올렸다.

내 목적지는 무덤이었다. 오직 무덤을 향해, 남으로 천릿길을 달리는 것은 바그너의 나흘짜리 악극을 듣는 것만큼이나 괴로운 일이다. 나는 정처 없이 이탈했다. 갈 곳이 없이 도착한 곳은 부여였고, 나는 부여에서 갈 곳을 찾았다. '정림사지'! 오래전 수학여행을 다녀갔던 기억이 나를 이끌었을 것이다.

층층마다 옥개석의 끝부분이 둥그렇게 말려 올라간 5층 석탑. 1,500년 전 백제 사람들의 감성과 단아한 손

길이 묻어 있는 곳. 탑을 올려보고, 한 바퀴 돌아보고, 하염없이 쳐다보는 것은 행복한 일이다. 나는 왕명을 받고 이 절을 처음 설계한 사람처럼 탑 주위에 흩어진 돌무더기 위를 걸으면서 상상한다. 거기 불국정토를 꿈꾸었던 사비성 사람들이 있었고, 가람을 빙 둘러 회랑이 있었고, 탑 뒤로 불상을 모신 목조건물이 있었던 것을 한번 그려보고, 지우고 다시 지어보고, 그러면서 느릿느릿 돌아다닌다. 아무도 없는 텅 빈 벌판에서 탑 하나, 석불 하나를 가지고 혼자 한세상을 그려보는 일은 오직 폐사지에서만 얻을 수 있는 즐거움이다.

정처 없이 가다가 갈 곳이 생긴 나는 다시 남으로 남으로 달려, 강진의 '월남사지'에 도착했다. 시제를 모시러 무덤을 찾아가는 길에 나는 절터寺址만 두 곳을 들렀는데, 절터란 것이 사실은 절의 무덤인 셈이니, 그날 인연이 그랬던 모양이다. 월남사지 3층 석탑은 볼 때마다 더 깊어진다. 모양은 다르지만 평석 밑받침돌의 흘림은 정림사지와 많이 닮았다. 5층 석탑은 도심 한가운데 세워져 세련되고 귀족적인 모양새고, 3층 석탑은 언덕 위에 서 있는 소박한 서민의 모습이다. 5층 석탑은 국보이고 3층 석탑은 보물인데, 나는 둘의 우열을 가를 수 없다. 월남사지는 발굴이 한창이다. 거기에는 석공과 기다림에 지친 아내의 애절한 사랑이 전설로 남아 있다. 베일로 덮어놓은 땅속에는 그런 옛이야기들이 가득할 것이다.

사지라는 것이 고작 석탑이나 비석, 석불 따위의 온전하지 못한 것들, 상부는 사라져 버린 기단이나 초석들, 그리고 짜맞추기 힘든 돌조각들이 흩어져 있어 딱히 볼만 한 것은 없다. 그렇다고 그냥 나오기도 허망한 일이다. 어디 걸터앉아 석공의 처가 좀 더 참고 기다렸으면 돌이 되지는 않았을 것이라거나, 민가의 장독대 받침으로 쓰고 있던 돌이 석탑의 옥개석이라는 것을 처음 발견한 사람의 표정은 어땠을까, 그런 쓸데없는 생각을 하게 되는 것이다. 혼자서 조각난 퍼즐을 짜맞추느라, 절터 구경은 절 구경보다 시간이 더 잘 간다.

나는 열 시간 넘게 연주하는 바그너의 〈니벨룽겐의 반지〉를 오기로 들어보려다가 나자빠진 적이 있다. 이제는 누구의 생몰 연대와 사조와 시대적 특징이나 뭔가를 주워섬기고, 그런 것이 지겹다. 대단한 지식인 양 하는 것도 살다보니 별 쓸데가 없다. 그냥 들리는 대로, 보이는 대로, 정처 없이 나다니고, 기약 없이 만나고, 차라리 텅 빈 곳에서 혼자 이런저런 상상을 하는 것이 더 홀가분하다. 그러기에 사지만 한 곳이 없다.

피날레

2018년 5월 9일 데이비드 구달 박사가 스위스 바젤에 도착했다. 생을 스스로 마감하기로 한 104세, 호주의 최고령 생태학자. 안락사가 호주는 불법이지만, 스위스는 합법이다. 스위스에 도착하기 전 프랑스에 들러 가족을 만나고 작별 인사를 나눴다. 그는 '건강이 나빠지면 지금보다 더 불행해질 것 같다'면서 '나이가 104세에 이르게 된 것을 후회하고 있다. 내일 삶을 끝낼 기회를 얻게 돼 기쁘고 의료진에 감사한다'고 말했다. 구달 박사는 인터뷰 도중에 죽음을 앞둔 사람답지 않게 갑자기 노래를 흥얼거리기도 했다. 다시 숲으로 걸어 들어가 새소리를 듣고 싶다는 것이 그의 소망이었다. 마지막 순간 듣고 싶은 음악이 있느냐는 질문에는 베토벤 〈교향곡 9번 합창 4악장 환희의 송가〉라고 했다.

〈4악장〉 피날레에 도달하기 위해서는 걸어가야 할 면

길이 있다. 끝없이 이어지는 주선율의 전개와 변주, 빠르고 경쾌한 스케르초, 길게 늘어지는 칸타빌레. 〈3악장〉의 선율은 김영랑의 시 「돌담에 속삭이는 햇발」에 음을 얹어 노래하는 것 같다. 바람에 날리는 실을 한없이 늘어뜨리는 것 같은 아다지오, 그리고 마침내 도달하는 〈4악장〉, 트럼펫이 불을 뿜어대는 그 격정 속에서 갑자기 아이의 발걸음 같은, 나비의 날갯짓 같은 고요한 움직임들. 그 소리는 점점 커져 커다란 발자국이 되고, 날갯짓은 바람처럼 몰아치다가, 바리톤이 벌떡 일어나 "오 벗들이여! 이 소리가 아니라네. 더 즐겁고 환희에 찬 노래를 불러야 하지 않겠는가? 환희여! 아름다운 신의 광채여" 하고 노래를 시작하면 모두 일어나 장엄하게 터져 나오는 합창. 맥박이 힘차게 뛰는 점증, 고속열차가 터널을 통과할 때의 먹먹함 같은 〈환희의 송가〉가 찬란하게 울려 퍼지고, 오케스트라의 온갖 악기들이 가장 높은 음으로 치달으며 끝을 향해 어둠을 향해 끝없이 휘몰아치다가 섹스의 절정처럼 무한한 반복 속에서 결국 터져버리는 피날레.

한 생의 끝이 거센 눈보라가 휩쓸고 지나간 뒤의 설원 같다. 박사의 마지막 모습은 선승의 그것을 떠오르게 한다. "나 내일 아침에 갈란다" 하고는 밤새 잠든 채로 이승을 떠나 버린 사람, 산길을 걷다가 너럭바위에 걸터앉아 잠시 쉬다가 졸음처럼 열반에 들어 버린, 혹은 "인생은 한 조각 구름, 공부 열심히 해라. 복사꽃 피거든 다시 만나자"는 말을 남기고 앉은 채로 육신을 벗어 버린 선사의 뒷모습과 닮았다. 나도 저렇게 죽고 싶다. 촛불이 타다가 바람이 훅 불어오는 순간 꺼져 버린 것처럼. 그것은 아무나 흉내 낼 수 없는 지극한 도의 경지다. 그동안 마신, 앞으로도 마실, 술과 담배 덕에 골골하다가 병원 신세도 지고, 자식들 좀 못살게 굴다가 떠나지 않을까 싶다. 나는 그가 부활하고 싶지는 않을 거라고 생각한다. 한 세기를 넘게 살았으므로 더는 미련도 없고, 영면에 들어 어서 흙으로 돌아가 이름 모를 풀씨나 되고 싶은 것이지, 부활은 또 얼마나 번거로운 일일까, 그런 생각이 든다.

의사가 "마지막 순간에 마음이 바뀌면 결정을 번복할 수 있다"고 하자 구달은 "그런 일은 없을 것"이라면서 "아침에 일어나 밥을 먹고 앉아 있다가 점심때가 되면 또 밥을 먹고 앉아 있다. 이것이 무슨 인생인가"라는 말을 남기고 정맥주사의 밸브를 스스로 열어 생을 마감했다.

'인생은 한 조각의 꿈이려니, 그동안 살아온 삶이 세

월 따라갔고 세월 속에 나도 따라갈 뿐이다. 맑은 바람 맑은 달 너무도 풍족하니 나그넷길 가볍고 즐겁구나. 달빛 긷는 한 겨울, 복사꽃이 나를 보고 웃는다.' 그의 길이 평안하기를, 그보다 한 해 먼저 떠난 이두 스님의 「열반송」을 들려주고 싶다.

엄니 시집

언제부턴가 내가 술 한 잔 먹고, 자정 넘어 집에 돌아왔을 때, 노인은 책상머리에 앉아 뭔가를 끄적거리고는 했다. 평생 시를 쓰는 사람이라, 그런 모습은 익숙한 것이었지만, 자정 넘어까지 그럴 것이 뭐 있을까 생각했다. 어느 날 노인은 원고 뭉치를 내게 내밀었다. 원고지 뒷면에, 혹은 신문에 끼어 들어온 광고 전단지 뒷면에 쓴 시 57편. 전부 세월호에 관한 시였다. 작년 참사 직후부터 1년간, 그러니까 매주 한 편 이상은 쓴 셈이다.

늦은 밤 그런 일을 하고 계셨구나, 우리가 거리에서 통곡하고 분노하고, 잊지 않겠다는 다짐을 할 때, 노인은 그런 방식으로 동참하고 있었다. 사실 슬픔은 온전히 어머니의 것이므로, 우리가 통음하고 귀가한 이후의 시간, 자정 넘은 고요한 시간에 노인은 어머니의 모습으로 시를 쓰고 있었던 것이다.

나는 타이핑을 하면서 낯선 경험을 했다. 그것은 이미 알고 있는 내용, 이를테면 「용돈」이라는 시에 등장하는 안산 세탁소집 딸내미, '아이의 젖은 옷에서 꺼낸 지갑에는 두 번 접힌 만 원짜리 두 장이 그대로 있었습니다'라는 팩트보다 더 담담한 팩트가 시어가 된다는 것, 그리고 그것이 슬픔을 가장 슬프게 전달한다는 사실이다.

노인은 자식을 잃은 어미가 되기도 하고, 별이 되어 떠난 아이들이 되기도 하고, 유가족을 위로하는 이웃이 되기도 하며, 시에 나타난다. 일찍 탈출하여 젖은 돈을 말리고 있는 선장과 노란 리본 금지령을 내린 정부에 분노하기도 하면서 지난 1년을 기록하고 있다.

시집 말미에 「5.18 엄마가 4.16 아들에게」라는 시가 있다. 시집의 제목이기도 한 이 시에는 노인의 80년 5월의 기억이 녹아 있다. 열흘간 총소리가 들리던 어느 날, 밤늦도록 귀가하지 않은 열일곱 살 자식을 찾아 헤매던 아픔, 그리고 계엄군의 곤봉에 맞아 쓰러진 기억. 그것이 5.18의 엄마이고, 그때 열일곱 살 난 자식은 다시 열일곱 살 난 자식을 잃어 버린 4.16의 아들이 되어 있다. 그래서 아들의 슬픔은 엄마보다 깊고, 엄마의 슬픔은 아들보다 길며, 둘의 슬픔은 국가 폭력에서 만난다.

"이 엄청난 재앙 앞에서 시인이 할 일은 무엇인가? 시로써 함께 울어 주고, 시로써 함께 위로하고, 시로써 함께 주장하고, 시로써 함께 격노할 수밖에 없음을 깨달 았을 것이다. 진정으로 슬픔과 고통을 함께 할 때, 마음이 녹는 법이다. 그런 의미에서 이 시집은 우리 모두가 갖는 위대한 슬픔이다. 그리고 이 슬픈 노래들을 통해 화해와 치유로 나아가는 길이 열리길 염원하고 있다'고 발문에서 백수인 조선대 교수는 쓰고 있다.

사족 몇 가지. 육필을 파일로 바꾼 나는 책으로 만들기 위해 이광호 선배에게 전화했다. '레디앙'은 시집과 무관한 출판사라, 소개를 원했던 것인데, 선뜻 "마땅한 곳을 잘 몰라, 내가 내야지"라고 했다. 시집이라는 것이 팔리는 것이 이상한 책이다. 노인은 1958년 자유문학으로 등단하여, 시를 50년 썼고, 시집을 다섯 권 냈는데, 한 번도 인세를 받아본 적이 없었다. 내가 언젠가 술자리에서 했던 말을 이 선배가 기억하고, "이번에 생애 처음으로 인세를 받도록 해드리지"라고 말했다. 그러면서 "책값은 4,160원으로 하자"고 제안했다. '세월호 참사 1년 기록 시집'이라고 부제가 붙은, 그러니까 팔릴수록 손해인 이 시집은 그렇게 나오게 됐다. 노인은 내 어머니다.

책의 맨 뒷면에는 이렇게 쓰여 있다.

"이 책의 가격은 4,160원입니다. 4월16일을 잊지 않으려는 뜻입니다. 우리 삶의 작고 하찮은 것 속에서도 4월 16일은 숨 쉬고 있기 때문입니다. 이 시집이 나오도록 애쓰신 저자와 편집자, 디자이너, 인쇄 및 제작관계자에 이르기까지 절반의 기부를 아끼지 않은 여러분께 고마운 말씀을 전합니다."

다시 시집을 뒤적이며 엄니가 쓰신 저자 발문과 시두 편을 여기에 남긴다. 내 어머니는 2021년 84세를 일기로 세상을 떠나셔서 2022년 3월에 첫 제사를 지냈다.

최봉희 시집

5.18 엄마가
4.16 아들에게

세월호 참사 1년 기록 시집

Redian

세월호 참사 1년
기록 시집

5.18 엄마가
4.16 아들에게

최봉희

세월호 참사가 일어난 갑오년 4월은 내 나이 일흔 여덟. 그렇게 열심히 나이를 삼키다가 나도 깊은 바다에 가라앉았습니다. 좋은 시 한 편 쓰는 것이 평생의 소원이었지만, 시 쓰는 일엔 게을렀고, 책을 읽고 세상을 들여다보는 일만큼은 게을리하지 않았습니다.

남 앞에 나서본 일 없었다는 한 엄마가 아이를 잃고 나서야 길거리 한복판에 얼굴 내밀고 서명을 받으며, 삭발까지 하면서 눈물을 하염없이 흘리는 것을 보았습니다. 5.18의 나의 아픔이 4.16 유가족과 다르지 않다는 것도 알게 되었습니다. 누가 나를 끌고 나왔는지, 나는 깊은 바다에서 잠들어 있다가 숨 쉬며 올라와 유가족의 슬픔에 동참하게 되었습니다.

이제 세상 떠날 날이 가까워져 오는데, 내가 할 수 있는 일이 무엇일까? 오직 이 화두 하나에 골몰하다 보니, 시가 될 수도 없고, 밥을 굶어도 좋을, 시 한 편 잘 썼다고 할 수도 없는, 내가 보고 느낀 그대로의 사실을 기록으로 쓰는 내내 자주 울었습니다. 거기에 감기가 찾아와서 기침이 심했지만 눕지 못하고 제때 밥도 먹지 못하고 봄이 어디까지 왔다가 시름없이 가는 줄도 몰랐습니다.

유가족 엄마들이 길거리에 선뜻 나서듯이, 용기를

내어 기록 시집을 남기게 되었으니 그나마 위로가 되고, 지난 1년이 내게는 의미 있는 시간으로 남았습니다.

예쁜 아이들의 이름을 불러봅니다. 하늘로 간 어린 별들의 꿈속에 새 생명을 불어넣고 싶었습니다.

사랑하는 가족이 있고, 아껴 주는 이웃이 있어, 비록 모든 것을 잃었다 해도 스스로 이 세상에 존재해야 하는 이유가 될 것입니다.

4월은 잔인하다고 했던가요? 4월은 그러나 부활의 달이기도 합니다. 우리는 이 봄의 시작이 어찌 찬란하다고 말할 수 있겠습니까?

우리 삶에는 부끄러운 날들이 많습니다. 보이지 않는 장벽은 스스로 무너지지 않습니다. 기다리지 말고 우리가 그 장벽을 넘어야 합니다. 이다음에 내가 유가족을 만날 수 있게 된다면 그때에 슬픔을 함께 나누며 꼭 안아주고 싶습니다. 먼 훗날 그들의 가슴이 따뜻해져서 아픈 짐도 잠시 내려놓고 환하게 웃을 수 있는 날이 올 것을 믿습니다. 새로운 삶에 용기와 희망을 잃지 마시고, 힘내시기 바랍니다. 조금이나마 유가족분들께 위안을 드리고자 이 작고 초라한 시집을 남깁니다.

2015년 5월 최봉희

용돈

(2014년 5월5일, 세월호 참사 20일째)

우리 아이가 다니던 학교 근처에서
세탁소를 하고 있습니다.
4월15일, 이번 생일이 지나면 첫 주민등록증을
받게 될 거라고 좋아하던 우리 아이의 엄마입니다.
수학여행 떠난 후 세월호 참사 소식에 놀라
진도 팽목항으로 급히 내려왔습니다.
전원구조란 말만 믿고 세탁소에는
이렇게 써 붙였습니다.
'내일 17일까지 쉽니다'
아이는 5월5일 내 품에 돌아왔지만,
수학여행 갈 때 아이의 손에 쥐어준
이만 원이 전부였으니 그게 너무너무
미안해서 울었습니다.
아이의 젖은 옷에서 꺼낸 지갑에는
두 번 접힌 만 원짜리 두 장이
그냥 그대로 있었습니다.

우리 아이 어떡해요?

그 돈마저도 쓰지 못하고 떠났습니다.

동거차도

세월호 침몰 해역에서 동거차도는 1.7킬로미터
동육마을에서 동막마을로 가는
깔끄막 지나서 산몰랭이 오르면
그 바다가 제일 가까이 보인다는 섬

그곳에 생애 마지막을 보낸 아이들이
비명으로 수장되었습니다.

수도도 전기도 논도 없는,
미역 뜯고 고구마 먹고 살았다는
두 마을뿐인 동거차도

한 어부의 아내가
어느 날 바다에 나가서
조류에 밀린 오일펜스를 고정시키는 방제작업 중에
조명탄 낙하산 줄에 걸리고

낙하산 줄이 닻줄에 닿은 지점에서
길 잃은 한 아이를 만나 품에 안고 돌아왔습니다.
아이의 부모가 백만 원 수표와 함께
편지를 보내왔습니다.

"우리 아이 찾아 주셔서 정말 고맙습니다."

어느 날 아이의 부모님이
동거차도를 찾아왔습니다.

"우리 아이 이름으로 마을회관에
거울 하나 걸어주세요."

평생 살아도 이런 난리가 없었다며
동거차도 주민들이 모여
흐느끼며 웅성거렸습니다.

행복은 발가락 사이로

펴낸 날 초판 1쇄 발행 2024년 10월 31일

지은이 이광이
디자인 손현주
펴낸곳 뻬뻬북스
펴낸이 김숙진
출판등록 2020년 7월 16일 제2021-000293호

주소 서울시 마포구 모래내로1길 17 상암퍼스티지더올림 911호
전화 편집부 070-7590-1961 마케팅 070-7590-1917
팩스 031-624-1915
전자우편 p_whale@naver.com

ISBN 979-11-971451-7-9 03810